「……わたしのこと、いまでも好きなの？」
琥珀の顔が輝いた。
「……透真は、私のこと好き？」

虹野透真
高校３年生。正義感が強いが、威圧的な外見が悩みのタネ。二度の失恋を引きずっており、いまでも元カノである朱里と琥珀のことが大好き。
白沢琥珀
透真の元カノで新任の家庭科教師。透真にべた惚れしている。おっとりとした性格でエッチなことが苦手だが、透真の前では大胆になる。

白沢真白
高校3年生。透真の同級生で琥珀の妹。琥珀の元カレを恨んでいるが、その正体は知らない。
赤峰朱里
透真の元カノで新任の養護教諭。透真にべた惚れしている。学校ではクールに振る舞うが、透真の前では甘えん坊。

「なにその格好!?」
「裸エプロンだよ」

元カノ先生は、ちょっぴりエッチな家庭訪問できみとの愛を育みたい。1

猫又ぬこ

HJ文庫
926

口絵・本文イラスト　カット

目次

《序幕　天国から地獄《じごく》を二度経験した男》

中学三年の春休み。

その日、俺《おれ》は幸せ心地《ごこち》に包まれていた。

なぜなら恋人《こいびと》の白沢琥珀《しらさわこはく》とデートできるから！

琥珀は五つ年上の女子大生だ。

以前は毎日デートしていたが、琥珀が遠くの大学に進学してからは会うことすら難しくなった。

そんなわけで、ひさしぶりにデートできることになり、俺は幸せオーラを撒《ま》き散らしているのだが――

三ヶ月ぶりにデートを満喫《まんきつ》できたのに、琥珀はなぜか浮《う》かない顔をしていた。

俺なりに理想のデートを実現させたつもりだけど、女子大生には物足りなかったかも。

言いにくいだろうけど、つまらないなら正直に言ってほしい。次回のデートに活《い》かすから。

「……デート、どうだった？」

「楽しかったよ。ほんとに……すっごく楽しかった……」

琥珀は幸せを噛《か》みしめるように言う。うそをついてるようには見えない。

「そっか。俺も楽しかったよ」

どうやら俺の思い過ごしだったようだ。

浮かない顔をしてたのは、デートが終わるのが寂《さび》しいから。寂しい気持ちになるくらい、今日のデートを楽しんでくれたってことだ。

次のデートはもっと楽しませてやる！　そのためにも小遣《こづか》いを貯《た》めないと！

意気込んでいる間に駅につき、電車の到着《とうちゃく》を待つ。お別れが近づいているのだと思うと寂しくなってきた。

別れる前に抱《だ》きしめたい。そんでもってキスしたい。……けど、琥珀って恥《は》ずかしがり屋《や》だからなぁ。俺の部屋とかカラオケ店の個室みたいなふたりきりの空間じゃないとキスさせてくれないんだよな。

「ねえ、透真《とうま》くん……。最後にキスしてほしいの……」

俺の心を読んだような発言だった。

人前でキスする恥ずかしさより、俺とキスしたいという思いのほうが強いようだ。当然断るわけがなく、琥珀の唇《くちびる》に口づけをする。柔《やわ》らかな唇をついばむようにキスをしてから口のなかへ舌を入れる。

琥珀はおずおずと舌を伸《の》ばして、俺の舌に絡《から》めてきた。人目を気にせず貪《むさぼ》るように唇を重ね、愛を確かめあうように舌を絡ませていると——ホームにアナウンスが響《ひび》いた。

名残《なごりお》惜しく思いつつも唇を遠ざける。

琥珀は、とてもつらそうな顔をしていた。

……俺のキス、そんなにだめだった？

前回キスをしたときは幸せそうに顔をとろけさせてたのに……三ヶ月ぶりだから下手になったのかも。

「わたしたち、もう別れよう」

琥珀が思《おも》い詰《つ》めた顔で、唐突《とうとつ》に切り出した。

「……え？」

い、いまなんて？　別れようって言った？　なんで別れ話を？　冗談《じょうだん》だよな？　うん、そうだ、そうに違《ちが》いない！

「わたし……ほかに好きなひとができたの」

戸惑《とまど》う俺に、琥珀が追い打ちをかけてきた。

冗談にしては深刻な顔なんだけど……。

「……そ、それ、本気で言ってるのか？」

「冗談でこんなこと言わないよ」

「う、うそだろ？　好きなひとって誰《だれ》？　俺が知ってるひと⁉」

「それは……ごめんね、言えないの。わたしのことは忘れて、幸せになってね。さよなら……」

呆然《ぼうぜん》と立ち尽《つ》くす俺にそう告げると、琥珀は電車に乗りこみ、俺の前から姿を消した。


それから二年後のある日。

俺は幸せ心地に包まれていた。

なぜなら恋人の赤峰朱里《あかみねあかり》とデートできるから！

朱里は五つ年上の女子大生だ。

隣県《りんけん》に住んでいるため気軽に会うことはできないが、向こうから会いに来てくれるので半月に一度はデートできる。

就活で忙《いそが》しいのか最近は会えない日々が続いていたが、連絡《れんらく》はこまめに取っていた。

そして先日、ひさしぶりにデートに誘《さそ》われ、俺は快諾《かいだく》。その日からいまこの瞬間《しゅんかん》に至るまで、ずっと幸せが続いている。

だけど、これはデートだ。俺だけが楽しむわけにはいかない。

そんなわけで朱里に喜んでもらうため、クレーンゲームに挑戦《ちょうせん》する。可愛《かわい》いもの好きな朱里のためにぬいぐるみを手に入れ、

「ほらよ」

と、クールにプレゼントする。

いまのは我ながらかっこよかったと思う。なにせ一発でゲットしたからな！

この日のためにゲーセン通いを続けて腕前《うでまえ》を鍛《きた》えたのだ。かなりの出費になっちまったけど朱里の笑顔《えがお》を見るためなら安い出費である。

さあ朱里、素敵《すてき》な笑顔を見せてくれ！

「ありがとう、透真……嬉《うれ》しいわ」

朱里が浮かない顔で言った。

……あれぇ？　この顔、すっげえ見覚えあるんですけど？

い、いやいや。それはないよな？　朱里とは上手《うま》くやれてるし！　……まあ、別れ話を切り出されるまでは琥珀とも上手くやれてると思ってたんだけども。

でも、それはそれ、これはこれだ！

今日のデートは上手くいった。朱里とは喧嘩《けんか》もなくやれている。だというのに別れ話を

切り出されるわけがない！

「ねえ、透真。最後にキスしてくれない？」

……え？　これ二年前と同じじゃね？　このあと朱里の口からあのワードが飛び出すんじゃね⁉

い、いや、さすがに考えすぎだよな！

最後ってのは『デートの最後に』って意味だよな！

まったく。ゲーセンでキスをねだってくるなんて、可愛い彼女《かのじょ》だぜっ！

などと自分を落ち着かせつつ、朱里に口づけをする。ちゅっ、ちゅっと唇を挟《はさ》むようにキスすると舌を忍《しの》ばせ、温かく柔らかい舌に自分のそれを絡める。

唇を遠ざける頃《ころ》には、朱里の顔は赤らんでいた。満足させることができたようだ。最近ご無沙汰《ぶさた》だったけど、上手くキスできて一安心――と思いきや、

「私たち、もう終わりね……」

朱里がつらそうな顔で切り出した。

お前もかよ！

なぜだ！　なぜ俺と別れたがる⁉　俺のどこがだめなんだ⁉　今日まで上手くやれてたのに！

「な、なんで終わりとか言うんだよ！」

「……ほかに好きなひとができたのよ」

「好きなひとって誰⁉　写真あるなら見せてくれない⁉　そのひとよりかっこよくなってみせるから！」

「それは無理よ。さよなら透真。もう二度と連絡しないわ……」

絶望に打ちのめされた俺にとどめの一言を放って朱里は去っていき――……

――俺はベッドから跳《は》ね起きた。

窓からは朝日が差しこみ、小鳥のさえずりが聞こえてくる。

ひたいの汗《あせ》を拭《ぬぐ》い、俺は深々とため息をついた。

「悪夢だ……」

鬱《うつ》映画を二連続で見た気分だった。

これが単なる悪夢なら『夢でよかったー』と安堵《あんど》するところだが、すべて現実に起きたこと。

中三の春に琥珀に振《ふ》られ、高二の春に朱里に振られたのは事実である。

あれ以来、ふたりの顔は見ていない。話すらしていない。着信拒否《きょひ》にされたから……。

「俺、なんで振られたんだろ……」

自問しつつも、なんとなく理由に察しはついている。

年齢差《ねんれいさ》だ。

ふたりは五つ年上で、いまごろ立派な社会人だ。俺みたいな小僧《こぞう》とは価値観があわなくなり、付き合うのが苦になってもおかしくない。

だからって――理由がわかったからって納得《なっとく》はできないけどね。別れて最初の一ヶ月はショックで寝込《ねこ》んだし、いまだに悲しみは癒《い》えてないし。

だけど……うじうじ悩《なや》んだって始まらない。

恋《こい》の悩みは新たな恋が解決してくれる――琥珀に振られ、朱里と付き合ったときに俺はそう学んだ。

そんなわけで彼女が欲《ほ》しいが……悩ましいことに、琥珀と朱里のことがまだ好きなので、それ以外の女子には目移りしないのだ。

この調子で新たな恋とかできるのかね……。

「っと、もうこんな時間か」

危ない危ない。新学期早々遅刻《ちこく》するところだったぜ。俺はさっさと身支度《みじたく》を済ませると、通学路を進み――

教師になった元カノのふたりと再会した。

《第一幕　元カノたちが家に来た》

おいおいおい、うそだろ⁉

始業式の真っ最中だというのに思わず悲鳴を上げそうになってしまった。心臓が早鐘《はやがね》を打ち、滝《たき》のように汗が出る。

体育館の壇上《だんじょう》に並ぶ、新たに赴任《ふにん》してきた教師陣《きょうしじん》。そのなかに知り合いがふたりもいたのだ。

ひとりは穏《おだ》やかそうな女教師。ふわっとした茶髪《ちゃぱつ》を肩《かた》まで伸ばした、小柄《こがら》で巨乳な美女である。優《やさ》しげな瞳《ひとみ》で生徒を眺《なが》め、聖母のようにほほ笑《え》んでいる。

もうひとりは気難しそうな女教師。さらさらした黒髪《くろかみ》を腰《こし》まで伸ばした、長身で巨乳な美女である。凛々《りり》しい顔つきで正面を見据《みす》え、唇を真一文字に結んでいる。

俺の元カノだった。

他人のそら似とは思えない。おまけに新任教師の紹介《しょうかい》が行われ、ふたりの名前が『白沢《しらさわ》琥珀《こはく》』と『赤峰朱里《あかみねあかり》』だと判明する。

マジで？　マジで琥珀と朱里なの⁉　じゃあなにか？　俺、元カノの授業受けるの⁉

すっげえ気まずいんですけど！

　俺が激しくうろたえていたところ、

「ふたりに再会できるなんて……夢みたいだ……」

　となりに座《すわ》る男が夢見心地で独りごちた。

　美人教師が赴任したんだ、嬉しげにニヤつきたくなる気持ちはわかる。だけど『再会』

ってのはどういう意味だ？

「なあ、白沢先生と赤峰先生のこと知ってるのか？」

　となりの男子に声をかけると、緩《ゆる》んでいた顔が引きつった。

　俺は背が高く、おまけに威圧的《いあってき》な顔つきなので、びびらせてしまったようである。

　もちろん怖《こわ》いのは見た目だけで、俺は悪さなどしたことがないのだが……見た目が怖い
人間と好き好んで付き合う風変わりな者はいないようで、俺に友達はいないのだった。

「あ、ああ、虹野《にじの》くんは転校生だから知らないんだっけ。ふたりとも教育実習生だったん
だよ」

　ふたりとも去年の春頃《はるごろ》――俺が転入する四ヶ月ほど前に教育実習に来ていたらしい。

「あんな美人教師がふたり揃《そろ》って来るなんて、ラッキーだよね。あ、ちなみにふたりとも

彼氏《かれし》はいないらしいよ」

「マジか」

ほかに好きな男ができたんじゃなかったのか？　好きなだけで告白はしてないとか？

それとも告白したけど上手くいかなかったとか？

いや、この情報は一年前のものなんだ。いまは恋人がいるかもしれない。てか、相手がいようがいまいが俺には関係ない話だ。

復縁《ふくえん》したいとは思ってるけど、生徒と教師が付き合うわけにはいかないし――どっちと復縁すればいいのかもわからない。

まあでも悩むだけ無駄《むだ》か。俺は愛想《あいそ》を尽かされたんだから。

「……」

と、俺への説明を終えた男子は、再びうっとりとした顔で琥珀と朱里を眺める。ほかの生徒も同じような顔をしていた。気持ちはわかる。ふたりとも超可愛《ちょうかわい》いもんな。

そんなふたりと付き合っていたのだ。男として鼻が高い。……けど、『実は俺ふたりと付き合ってたんだぜ！　すげえだろ！』と自慢《じまん》するつもりなどない。

自慢してもむなしいだけだし、ふたりに多大な迷惑《めいわく》をかけてしまうからな。

生徒と付き合っていたことがバレたら白い目で見られ、最悪の場合は教職を辞すはめになりかねない。

俺はふたりの夢が教師だと知っていた。夢を叶《かな》えたふたりの邪魔《じゃま》はしたくない。別れたとはいえ、俺はふたりのことがいまでも好きなのだから。

ふたりの輝《かがや》かしい教師人生に水は差したくない。琥珀と朱里の教師人生、陰《かげ》から応援《おうえん》させてもらうとしよう。

まあ同じ学校で過ごす以上、いずれは鉢合《はちあ》わせることになるんだけどね。気まずいし、なるべく関《かか》わらないように過ごすとしよう。

などと決意している間に始業式が終わり、三年三組へ引き返す。そしてホームルームが終わり、その日はお開きとなった。

「ふたりとも相変わらずの可愛さだったな！」

「白沢先生の授業が待ち遠しいぜ！」

「赤峰先生、やっぱりかっこよかったねっ！」

「毎日怪我《けが》したいくらいだよ～っ！」

放課後になっても教室は新任教師の話題で持ちきりだった。ちなみに琥珀は家庭科教師、朱里は養護教諭《きょうゆ》らしい。

家庭科教師はひとりだけなので必然的に琥珀の授業を受けることになり、怪我をすれば朱里に診《み》てもらうことになる。

授業はサボれないので琥珀との対面は避《さ》けられないが、保健室通いは回避《かいひ》できる。怪我しないように気をつけないと！

そんなことを考えつつ帰り支度《じたく》を済ませ、俺は廊下《ろうか》に出た。すると前方に金髪《きんぱつ》の女子を発見する。

トートバッグを肩にかけ、かなり重いのか身体《からだ》が傾《かたむ》いてしまっていた。

「運ぶの手伝おうか？」

怯《おび》えさせちまうかもしれないが、スルーするのも気が引ける。うしろから声をかけると、彼女はこっちを振り向いた。

見るからにギャルって感じの女子だった。制服を着《き》崩《くず》し、スカート丈《たけ》も短くなっている。気が強そうな目つきだけど、顔立ちはかなり整っている。

そんな女子に、俺は思いきり睨《にら》みつけられた。……なぜ睨む？

「あたしに媚《こ》びを売っても連絡先《れんらくさき》は教えないわよ！」

「いやナンパじゃないから」

そりゃ恋人が欲しいとは思ってるぞ？　でも、名前すら知らない女子をナンパするほど恋愛《れんあい》に飢《う》えてるわけじゃないから。

とはいえ、名前は知らないが、初対面というわけではない。今学期からクラスメイトになったし、二年のときに何度か廊下ですれ違ったことがある。

ええと、名前は……

「なに胸見てんの？　キモいんですけど」

「違うって。名札を確認《かくにん》してるだけだって」

てか、さっきからやけに口悪いな。めっちゃ喧嘩《けんか》腰《ごし》だし……。俺、嫌《きら》われるようなことしたっけ？

……って、え？　この娘《こ》、白沢っていうの？

見た感じ、琥珀には似てない。だけど付き合ってた頃、琥珀に俺と同い年の妹がいると聞かされていた。

琥珀の家を訪《おとず》れたことはないので妹とは会ったことがないけど、もしかすると俺の話を聞かされているかも。それが理由で、俺に対して口が悪いのかもしれない。

「白沢さんって、白沢先生の妹だったり……？」

彼女の目つきが一層鋭《するど》くなる。

「やっぱりナンパ目的で声をかけたのね。ほんとしつこい！　あたしに媚びを売っても、お姉ちゃんの連絡先は教えないから！」

なるほどね。そういう意味だったのか。

琥珀はかなりの人気教師だ。顔見せだけで一年生のハートを掴《つか》み、教育実習期間中に二、三年生のハートを鷲掴《わしづか》みにしたらしい。琥珀とお近づきになるために妹と仲良くしようとする男子がいてもおかしくない。

姉目的で男に声をかけられることが多々あり、心底嫌気《いやけ》が差してたってわけだ。

「ナンパじゃないって。いま妹ってことを知ったばかりだし」

「白々しいわね。去年あんだけ話題になったのに知らないわけないいじゃない」

「俺、転入生なんだよ。去年の夏休み明けに越《こ》してきたんだ」

白沢さんは目をぱちくりさせた。バツが悪そうな顔をして、

「あら、そうなの。てゆーか、だったらなにが目的で声をかけたわけ？」

「荷物が重たそうだから運ぶのを手伝おうかと思って」

「そ、それって、あたしをナンパしたってこと？」

「だからナンパじゃないって。純粋《じゅんすい》に親切心で声をかけただけで、下心は一切《いっさい》ないから」

「ふーん。親切心ねえ……」

じっとりとした眼差《まなざ》しだ。俺を疑っている様子。どんだけ男性不信なんだよ……。

「ま、いいわ。ええと……虹野くん？　手伝いたいなら手伝わせてあげるわ」

偉《えら》そうに言うと、白沢さんはしゃがみこみ、トートバッグを漁《あさ》りだした。

……あの、胸の谷間がばっちり見えちゃってるんですけど。ついでに言うと、ピンクのパンツも見えちゃってるんですけど。

まさか見せつけてるわけじゃないだろうし……男性不信のわりに隙《すき》だらけな女子だな。

と、白沢さんはトートバッグから料理本を取り出した。かなりの冊数だ。

「それ、図書室の？」

「ええ。春休みに借りたの。返却《へんきゃく》期限は来週だけど、今日は授業がなくて荷物少ないから、まとめて返すことにしたのよ。虹野くん、力に自信は？」

「あるぞ」

俺は幼い頃から発育が良く、初対面の相手には三学年ほど年上に見られていた。いまの身長は一八〇センチあり、帰宅部にしては筋肉もついている。

「じゃあ一〇冊お願いね」

俺に本を渡《わた》すと、白沢さんはさっさと歩きだした。全部で何冊あるのかわからないが、まだ重そうにしている。白沢さんは華奢《きゃしゃ》だし、単に非力なだけかも。

「重いならまだ持つぞ」

「平気よこれくらい。てゆーか、となりを歩かないで。並んで歩いたら付き合ってるって勘違《かんちが》いされちゃうじゃない」

　それくらいで勘違いされないだろうけど、仲良さそうには見えるかも。こんなところを琥珀に見られたら『妹に手を出している』と思われかねない。

　元カノにそんな勘違いをされるのは気まずいので、言われた通り距離《きょり》を取ることにした。

　重い足取りの白沢さんを追い抜《ぬ》き、階段を下りていき――

「ひゃっ⁉」

　踊《おど》り場《ば》に下りた瞬間、悲鳴が響いた。振り返ると、白沢さんが足を滑《すべ》らせて落ちてきた。

　咄嗟《とっさ》に抱きとめ、押《お》し倒《たお》され――どんっ、と背中を打ちつける。

「痛ってえ……！」

「だ、だいじょうぶ⁉」

　慌《あわ》ただしく立ち上がり、心配そうに俺の顔を覗《のぞ》きこんでくる。

「あ、ああ、平気だ……。白沢さんこそ怪我は？　足挫《くじ》いてない？」

「あたしは平気よ。虹野くんのおかげでね。……助けてくれてありがと」

「……」

「ど、どうしてぼーっとしてるわけ？　まさか頭を打ったんじゃ……」

「ち、違う違う。背中を打っただけだ」

ぼーっとしてたのは、白沢さんが意外と素直《すなお》で驚《おどろ》いただけ。てっきり抱きしめたことを咎《とが》められると思ってた。

「念のため保健室に行くわよ」

「平気だって」

「だめよ、自分で判断しちゃ。ちゃんと先生に診てもらわないと」

だから行きたくないんだよ！　保健室に行けば朱里と鉢合わせてしまうだろっ！　って、そんなこと白沢さんに言えないしなぁ。

しょうがない。気まずいけど保健室に行くとするか。

「わかった。行くよ」

俺は白沢さんと一階へ下り、保健室のドアを開ける。

朱里とお近づきになりたい生徒で賑《にぎ》わっていると思いきや、保健室は閑散《かんさん》としていた。まあ場所が場所だしな。病人がいるかもしれない保健室に押しかけるのは迷惑だと判断し、躊躇《ちゅうちょ》したのだろう。

消毒液の匂《にお》いが漂《ただよ》う室内には、パンツスーツの上から白衣を纏《まと》った女教師——朱里しかいなかった。

椅子《いす》に腰かけて書類に目を通していた朱里は、切れ長の瞳でこっちを見て——

「っ⁉」

びっくりしたように目を見開き、俺の顔をまじまじと見つめてくる。

「ほら、さっさと診てもらいなさい。待っててあげるから」

白沢さんに背中を押され、俺は朱里のもとへ向かう。

……俺を見つめる朱里は、なぜか切なげな顔をしていた。

振った男が目の前に現れたのだ。普通《ふつう》は嫌《いや》そうな顔をしたり、気まずそうな顔をしたりするもの。なのになぜ朱里は憂《うれ》いを帯びた顔をしてるんだ？

これ、ひょっとして俺に愛想を尽かしたわけじゃないんじゃ——

「あなた死相が出てるわよ」

縁起《えんぎ》でもないことを言われた！　めっちゃパンチの効いた挨拶《あいさつ》だ。これもう俺のことが死ぬほど嫌いってことだよね⁉

「えっ。あんた死ぬの？」

「死なないから！」

「で、でも赤峰先生が『死相が出てる』って……」

自分のせいで俺が死にかけていると勘違いしたのか、白沢さんは不安げだ。死相なんて出てるわけないのに……朱里は冗談を言うタイプじゃないし、信じてしまうのも無理ないけどさ。

「あなた……顔色が悪いわ。ベッドで休みなさい」

白沢さんが真に受けたので、朱里は言いなおした。

どうやら朱里は俺を引き止めたい様子。ふたりきりになって話したいことがあるらしい。

きっと関係を明かさないように口止めしたいのだろう。

ちなみに体調はマジで悪かったりする。登校したときは元気満々だったけど、元カノと再会したことで緊張《きんちょう》してしまいゲロ吐《は》きそうだ。

「俺なら本当に平気ですから。先生も仕事があるでしょうし、俺たちもう行きますね」

口早に告げ、俺たちは保健室をあとにする。最後まで初対面のふりを貫《つらぬ》き通したんだ、これで関係を明かすつもりがないと伝わったはず。

「ねえ、ほんとに休まなくていいわけ？」

「心配いらないって。たぶん光の当たり具合で体調が悪そうに見えただけだろ」

「そう。ならいいのよ」

白沢さんは安心した様子。さっきは口が悪い女子だと思ったけど、ほんとは優しい性格っぽい。

クラスメイトへの理解を深めつつ廊下を歩き、図書室にたどりついたところで、ドアが

開き──

琥珀が出てきた。

「わあっ⁉」

俺を見るなり、琥珀は悲鳴を上げる。両手に抱《かか》えていた本がバサバサと落ちるが気にも留《と》めず、俺をガン見している。

「お姉ちゃん？　急に叫《さけ》んだりしてどうしたの……？」

白沢さんは怪訝《けげん》そうに視線を追いかけ、俺にたどりつく。

「このひとはクラスメイトの虹野くん。本を運ぶのを手伝ってくれたの。大きくて威圧的だけど、そんなに悪い男子じゃないから怖がらなくていいわ」

「うちの生徒なんだね。妹がお世話になりましたっ！　お礼に紅茶を淹《い》れてあげるから、家庭科室に行こっか？」

お礼の紅茶は俺とふたりきりになる口実で、本当は口止めが目的のはず。だけど琥珀とふたりきりになることはできない。ふたりきりで話しているところを誰かに見られたら、関係を邪推《じゃすい》されかねないし──

「あたしもお姉ちゃんの紅茶飲みたい」

白沢さんが一緒《いっしょ》にいるのに過去の話をすることはできない。

「手伝ってくれたお礼に、あんたにもお姉ちゃんの紅茶を飲ませてあげるわ」

光栄に思いなさいとでも言いたげだ。実際、男子生徒にしてみれば琥珀の紅茶はまさに垂涎《すいぜん》もの。へりくだってでも飲みたい一品である。

正直言うと飲みたいが……

「俺はいいよ。帰って洗濯《せんたく》したいし」

「あんた、自分で洗濯してんの？」

「まあな。俺、ひとり暮らしだからさ」

こっちに越してきて半年が過ぎ、再び仕事の都合で引っ越しが決まった。しかも今回は海外転勤だ。

海外生活は抵抗《ていこう》があるので親にはついて行かず、この春からひとり暮らしをすることにしたのだった。

「運ぶのを手伝って疲《つか》れてるよね？　お家が遠いなら車で送ってあげるよ！」

「平気です。俺の家、近くのマンションですから」

「近くの……もしかして緑色のマンション？」

「そうですけど――」

「わたしと同じマンションだっ」

琥珀が興奮気味に言う。

どことなく喜んでいるように見えるけど……そんなわけないよな。元カレと再会して、おまけに同じマンションに住んでいることが発覚したんだ。テンションがおかしくなっただけだろう。

「ちなみに五〇三号室だよ」

聞いてもないのに部屋番号を明かしてきた。っていうか――

「お隣《となり》さんじゃないですか……！」

まさか元カノがとなりに住んでいたなんて！

「い、いつから住んでるんですか？」

「二週間くらい前からだよ。引っ越しのご挨拶にうかがったけど、誰も出なくて……」

二週間前というと……家族総出で婆《ばあ》ちゃん家《ち》に遊びに行ってた頃だ。

生活音が聞こえるし、誰かが越してきたことはわかってたけど、春休みはあまり外出しなかったので一度も鉢合わせることはなかった。まさか元カノだったとは驚きだ。

戸惑う俺に、白沢さんが目つきを鋭くする。

「お姉ちゃんの部屋に行こうとか思ってないわよね？」

「思ってないって。今日はもう家でのんびり過ごしたい気分だしな」

「ならいいの。今日は助かったわ。ありがとね」

「どういたしまして。じゃあまた明日。白沢先生も……失礼します」

ぺこりと頭を下げ、俺は家路についたのだった。

◆

その日の夕方。

「来ちゃった……」

琥珀が我《わ》が家《や》に来た。

それを迎《むか》え入れる俺に戸惑いはない。

さっき別《わか》れ際《ぎわ》に『家でのんびり過ごしたい』って伝えたしな。知らないひとが聞いてもわからないだろうが、俺と琥珀にとってそれは『今日は自宅デートしようぜ』という意味なのだ。もちろん今回は自宅デートじゃなく、家で話そうって意味だけど。

「とりあえず入ってくれ」

「う、うん。お邪魔します……」

うわずった声でそう言うと、琥珀は家に上がる。リビングに通して椅子に座らせ、その対面に腰かけた。

　琥珀は気まずそうに目を伏《ふ》せ、黙《だま》りこんでしまう。三年ぶりのふたりきりなんだ、緊張するのも無理ないか。

　俺《おれ》も緊張はしているが、琥珀ほどじゃない。会話のきっかけを作ってやれば昔みたいに話が弾《はず》むかも。

「それにしても、まさか琥珀が教師として俺の前に現れるとはな！　びっくりして心臓が止まるかと思ったぜっ！」

　付き合ってた頃から、琥珀は相手の顔色をうかがいすぎるきらいがある。琥珀の緊張を解くために、あえてにこやかに話を切り出すと、琥珀の頬がわずかに緩んだ。

「ドアを開けたら透真《とうま》くんが立ってるんだもん。わたしもびっくりしたよ。もしかしたら恋の神様が『ふたりは別れるべきじゃない』って、わたしたちを引き合わせたのかもしれないね」

「だとしても復縁は無理だろ」

「う、うん。そうだね……。わたしたち、教師と生徒だもんね」

「それもあるし、そもそも琥珀って好きなひとといるんだろ？」

　琥珀は、ぴくっと肩を震《ふる》わせる。伏し目がちに俺を見て、言いにくそうな顔で、

「……ほんとはね、うそなの。好きなひとなんていないの」

「え？　そうなの？　てことは……俺のことまだ好きだったり……？」

「うん。透真くんのこと、ずっと好きだよ」

琥珀は真剣《しんけん》な顔で言った。

うそをついているとは思えないし、こんなうそをついても琥珀にメリットなんかない。

琥珀が俺のことを好きというのは事実だろう。……けど、

「だったらどうして俺を振ったんだ？」

「それは……透真くん、キスするの好きだよね？」

「好きだけど……まさか俺のキスが下手すぎて振ったのか？」

「ううん。透真くん、キス上手だったよ。はじめてキスしたときから上手だったし……。

お家で練習してたの？」

してたけども！　認めるのは恥《は》ずかしい！

しかし認めないと話が進まないため、俺はうなずいた。

「透真くんはキスが好きなのに、たまにしかキスできないのはかわいそうで……。貴重な
青春時代を遠距離恋愛《えんきょりれんあい》に費やすなんて、もったいないから……」

近所の女子と付き合ったほうが俺にとって幸せ――そう思いこみ、泣く泣く身を引いた

ってわけか。

たしかに当時、琥珀によく謝《あやま》られてたな。遠くに進学してごめんね、って。あのときは気にするなって言ったけど、めちゃくちゃ気にしていたらしい。

「そりゃたまにしか会えないのは寂《さび》しいけどさ。別れるつらさに比べたら遥《はる》かにマシだぞ。俺、琥珀のことマジで好きだったんだから。せめて一言相談してくれたらよかったのに」

「透真くんは優しいから、相談したら引き止められると思ったの。だけど、もっと言葉を選ぶべきだったよね。あんなひどい振《ふ》り方《かた》しちゃうなんて……わたしのこと嫌いになったよね……」

「琥珀を嫌いになるわけないだろ」

申し訳なさそうに顔を伏せていた琥珀は、弾《はじ》かれたように顔を上げる。

「……わたしのこと、いまでも好きなの？」

「好きだぞ」

認めると、琥珀の顔が輝いた。

嬉しげな笑顔を見せつけられ、どきっとしてしまう。やっぱり琥珀は笑うと可愛いな。

「わたしたち、両想《りょうおも》いなんだね……」

「そうらしいな。けど……復縁は無理だぞ」

なぜなら俺たちは教師と生徒だから。琥珀も立場上、復縁がまずいことは承知しているようで、幸せな夢から覚めたような顔をした。

「わかってるよ。わたし、先生だもん。付き合ってることが学校にバレたら透真くんまで白い目で見られちゃうよ。……だけど、ふたりきりのときだけは、昔みたいに仲良くしてくれると嬉しいな」

平穏《へいおん》な学校生活を送るためにも――琥珀の教師人生を守るためにも、たとえふたりきりでも人目を気にして他人行儀《ぎょうぎ》に振る舞《ま》ったほうがいい。なんだったら、ふたりきりにすらならないほうがいい。

だけど、俺は琥珀のことが好きなんだ。好きな女に『仲良くしたい』と言われ、それを突《つ》っぱねることはできない。

「わかった。ふたりきりのときは生徒としてじゃなく、元カレとして接するよ」

「嬉しい……。ありがと透真くん……」

垂れ目がちの瞳に涙《なみだ》を滲《にじ》ませ、琥珀は幸せそうにはにかんだ。

そのとき、俺のお腹《なか》がぐぅと鳴る。

「透真くん、お腹空いたの？　よかったら作ろうか？」

「お願いするよ」

「腕《うで》によりをかけて作るねっ。できたら呼ぶから、ゆっくりしてていいよ」

琥珀は気合いたっぷりに声を弾ませ、キッチンへ。冷蔵庫を開け、献立《こんだて》を決めたらしく、さっそく料理に取りかかるが――

ピーンポーン。

チャイムが鳴った途端《とたん》、琥珀は料理の手を止め、身を屈《かが》めた。さらにフライパンで顔を隠《かく》して、

「……誰《だれ》？　ご両親？」

小さな声で問うてきた。

琥珀が顔を隠したくなる気持ちはわかる。なぜなら俺たちの関係は親にも明かしてないから。

可愛《かわい》い恋人《こいびと》ができたと親に自慢したかったが、琥珀は嫌がっていた。五つも年上なので、胸を張って『付き合ってます』とは言いづらかったのだろう。

おまけに琥珀は教師になったのだ。立場上、顔を隠すのは当然と言える。……いやまあ顔を隠したところで親がこの姿を目にしたら思いきり怪《あや》しむだろうけどね。でも、正体を隠そうとする心がけは立派だ。

「親は海外に住んでるから、急には帰ってこないよ。たぶん新聞の勧誘《かんゆう》かなんかだろ」

みる。

安心を促《うなが》すように告げると、琥珀は料理を再開した。

再びチャイムが鳴る。俺はひとりで玄関《げんかん》へ向かい、のぞき穴から外の様子をうかがって

朱里だった。

心臓が止まるかと思った。

なぜここに朱里が⁉　どうやって居場所を突き止《と》めた⁉　ていうか、これまずくね⁉

この調子でチャイムを鳴らされたら琥珀が来てしまう！

それに……なんの用かは知らないけど、朱里を無視することはできない。

琥珀に好きだと告げたが、俺は朱里のことも好きなのだから。不安げな顔でチャイムを

押す姿を目にした以上、居留守を使うことはできない。

琥珀は料理をしてるんだ。いまなら琥珀にバレずに対応できる。

覚悟《かくご》を決めた俺は外へ出た。

「透真……出てきてくれたのね」

朱里は嬉《うれ》しげに瞳を潤《うる》ませる。

俺に居留守を使われるかもと不安がっていたようだ。

「まさか朱里が来るとは思わなかったよ。どうやって住所を突き止めたんだ？」

「おじさんに連絡《れんらく》したの。ひさしぶりに透真と遊びたいから住所を教えてくださいって」

おじさんとは、俺の父さんのことだ。

朱里とは親戚《しんせき》関係なのである。

琥珀に振《ふ》られて間もない頃《ころ》、親戚の葬儀《そうぎ》で出会い、失恋《しつれん》の悲しみを引きずっていた俺を慰《なぐさ》めてくれた。当時は恋愛感情などなく、『優しい親戚の姉ちゃん』くらいにしか思ってなかったが……

たびたび遊ぶようになり、いつしか両想いになっていたというわけだ。

「透真の居場所を聞いて、びっくりしたわ。まさか私のとなりに住んでいたなんて……」

マジで⁉　お隣さんなの⁉

俺、両隣《りょうどなり》を元カノに挟《はさ》まれて過ごしてたわけ⁉

「学校といい、住所といい、すごい偶然《ぐうぜん》だな……」

ひとりだけでも驚きなのに、ふたりに挟まれていたとは……。俺に友達がいればもっと早く気づけたんだろうな。春休みは遊びに行かずに家で過ごすことが多かったもんなぁ。

「運命的よね。これって恋の神様が『ふたりは別れるべきじゃない』って言ってるんじゃないかしら？」

……この台詞《せりふ》、どっかで聞いた覚えがあるぞ。

まさかそんなことはないと思うけど――

「違《ちが》うなら遠慮《えんりょ》なく否定してくれ。……朱里、俺のこと好きだったりする？」

「大好きよ」

一切の逡巡《しゅんじゅん》なく肯定《こうてい》した朱里は、不安げに俺を見つめ、

「……透真は、私のこと好き？」

「ま、まあ好きだけど――」

「嬉しい！」

ぎゅうっと抱《だ》きしめてきた。むにむにと柔《やわ》らかい弾力《だんりょく》が胸に押しつけられ、いい香《かお》りが鼻腔《びこう》をくすぐり、心臓が早鐘を打つ。

「な、なあ、嬉しいのはわかるけど抱きつくのはまずいんじゃないか？」

落ち着きを促すように告げると、名残惜《なごりお》しそうに抱擁《ほうよう》を解き、申し訳なさそうな顔で、

「急に抱きついたりしてごめんなさい……。私、透真に嫌われてると思ってて……まさかまだ好きでいてくれてたなんて……」

瞳を潤ませ、朱里は幸せそうにほほ笑みをこぼす。俺も朱里に負けないくらい嬉しい。

だけど素直には喜べない。

だってさっき琥珀とも同じようなやり取りしたからな……。俺の脳裏《のうり》には『修羅場《しゅらば》』の

三文字がよぎっている。

「べつに謝らなくていいけど……ただほら、俺たち生徒と教師なわけだからさ。朱里とのハグは好きだけど、人目につくかもしれないところで抱きあうのはまずいだろ。もちろん家でならなにしてもいいってわけじゃないけどな」

慌ててつけ足した。

いま家に入ったら、琥珀と鉢合わせてしまうからな。俺との復縁を望んでいる元カノと元カノが対面すれば修羅場になりかねない。

朱里には悪いけど、今日のところは我が家に来た事情を聞いてお引き取り願おう。

「それで、どうしてうちに来たんだ？」

「私、透真に謝りたかったの。あのときはひどい振り方をしてごめんなさい」

深々と頭を下げる朱里に、俺は顔を上げるよう告げる。……朱里は、心から申し訳なさそうな顔をしていた。

「そんな顔するなよ。怒《おこ》ってないから。俺のことが好きなのに振ったってことは、なにか事情があるんだろ？」

「どんな事情があろうと、透真を傷つけてしまったことに変わりはないわ。本当にごめんなさい」

「謝らなくていいって。それより事情を話してくれよ。どうして朱里はうそをついてまで俺と別れたんだ？」

「それは……私が悪い女だからよ」

「悪い女？　朱里が？」

俺が知る限り、朱里は悪女なんかじゃない。

背が高く、仏頂面《ぶっちょうづら》で、人見知りでもあり、知らないひとが相手だとぼそぼそとしゃべるため、デートの最中に子どもを泣かせてしまったこともあるけど——あのときは、迷子の子どもを助けようと声をかけただけだ。怖がらせてしまったのは事実だが、朱里は困っている子どもを助けようとしただけ。見た目と口調のせいで小さい子どもに怖がられる朱里だが、本当は優《やさ》しい女性なのだ。俺自身、朱里のおかげで失恋の悲しみを克服《こくふく》できたしな。

「私は成人していて、おまけに教師になろうとしていたのに高校生と付き合うなんて……そんなの許されることじゃないわ」

たしかに生徒と交際していた教師が逮捕《たいほ》されたってニュースはたまに見かけるけど……。

「真剣交際ならセーフだろ」

「でも真剣交際かどうかは本人にしかわからないわ。私と付き合っていることがバレたら、透真まで白い目で見られるかもしれない……だから別れることにしたの」

つまるところ、俺のために泣く泣く身を引いたってわけね。

「世間に白い目で見られようが、俺はそんなの気にしないぞ。誰になにを言われようと、好きな女がそばにいてくれるだけで幸せだからな」

ぎゅうっとハグされた。

クールな見た目とは裏腹に、朱里は甘《あま》えん坊《ぼう》で抱きつくのが大好きなのだ。俺も朱里を抱きしめるのは好きなので、思わず抱きしめ返してしまう。

けど、こんなところを琥珀に見られたらヤバい。そっと抱擁を解くと、朱里が悲しげに見つめてくる。

「もっとハグしたいわ……」

「俺もハグしたいけど、ここで抱きあうのはまずいんだ。知ってるか？　そこ白沢先生の家なんだぜ？」

「知ってるわ。引っ越した日にご挨拶したもの。白沢先生、とても優しそうなひとだったけど……透真と抱きあっているところを見られたら、校長先生に告げ口されるかしら？」

「白沢先生は告げ口しないだろうけど、見られないに越したことはないからな。外で抱きあうのはやめとこうぜ」

「だったら……透真のお家でハグしていい？」

やべえ。朱里が家に上がりたそうにしている。

だけど家に招くわけにはいかない。なぜなら琥珀が――

「ご飯できたよ」

前触《まえぶ》れなく琥珀が出てきた。

琥珀と朱里はお互《たが》いに顔を見合わせ、きょとんとしたあと……

「え、ええっ？　赤峰先生⁉　虹野くんとなにしてるんですかっ⁉」

「白沢先生こそなぜ彼《かれ》の家に⁉」

まずい！　修羅場になってしまう！　なんとか誤魔化《ごまか》さないと！

「実は白沢先生とはエントランスでたまたま会ったんですっ！　それで同じマンションに住んでるよしみで夕飯をご馳走《ちそう》してもらうことになったんですよ！　ですよね先生？」

「そ、そうなんです！　わたしは家庭科教師ですからね。生徒の栄養管理もわたしの務めなんです！　赤峰先生こそどうしてここにいらっしゃるんですか？　さっきインターホン鳴らしたの、赤峰先生ですよね？」

「赤峰先生は俺のために出張カウンセリングに来てくれたんです！　俺、新しいクラスに馴染《なじ》めるかすごく不安で……赤峰先生と保健室で会ったときに不安感を見抜《みぬ》かれて、同じマンションに住んでるよしみでカウンセリングしてもらうことになったんです。ですよね

先生？」

「彼の言う通りです」

「そうだったんですね。あとのことはわたしに任せて、赤峰先生は帰っていいですよ」

「それはできません。カウンセリングは養護教諭《きょうゆ》の務めですから」

「カウンセリングって、今日じゃないとだめなんですか？」

「だめです。でないと明日の登校に支障を来《きた》す怖《おそ》れがありますから」

「ですけど、本人はカウンセリングは必要ないって言ってますよ」

「言ってません」

「言ってる気がします」

「言ってる気はしません」

俺の気持ちを代弁するふたり。お互いに俺のそばから離《はな》れるつもりはないらしい。

「立ち話もなんですし、ふたりとも家に入りません？」

琥珀も朱里も人前では教師として振る舞ってくれるはず。俺との関係がバレないように上手《うま》く立ちまわってくれるはずだ。

俺の提案にふたりはうなずき、家に入ったのだった。

琥珀が作ってくれたのは、豚《ぶた》の生姜《しょうが》焼きだった。

濃《こ》い味付けが好みの俺のために、こってりとしたソースがかけられている。

だけど味はしなかった。

あまりの緊張で味を感じないのだ。

なぜなら元カノと食卓《しょくたく》を囲んでいるから。おまけに琥珀も朱里も黙々《もくもく》とご飯食べてるし……。

そりゃなにがきっかけで過去が明るみに出るかわからないし、口を閉ざすのは正解だが、この空気には耐《た》えられない。

恋《こい》バナさえ回避《かいひ》すれば、元カノだとバレる心配はないはずだ。当たり障《さわ》りのない話題を振ってみるか。

「白沢先生の生姜焼き、美味《おい》しいです！」

「ありがと。虹野くん、濃い味付けが好きだったもんね」

「なぜ彼の好みをご存じなのですか？」

いきなりボロが出た……！

朱里に疑惑《ぎわく》の眼差しを向けられ、琥珀はしどろもどろになる。

「そ、それは、その……虹野くんが濃い顔だから……濃い味付けが好きなのかなと……」

「おっしゃっている意味がわかりません」

「い、いまのは冗談《じょうだん》です。ええと、その……ほ、ほんとは生姜焼きを作る際に虹野くんに濃い味付けと薄《うす》い味付けを味見してもらったんです！　そうだよね虹野くん？」

「はいっ！　わざわざ手間をかけて作ってくれてありがとうございます！　めちゃくちゃ美味しいです！」

琥珀はにこりとほほ笑《え》む。

「わたしの料理を食べて元気になったようですし、この様子ならカウンセリングの必要はなさそうですね」

「必要あります。素人目《しろうとめ》には元気そうに見えるでしょうが、プロの目は誤魔化せません。透真は不安を抱えています」

「いま透真って言いました？」

またボロが出た……！

疑惑の眼差しを向けられ、朱里は目を逸《そ》らした。

「……言ってません」

「言いましたよね？」

「言ってません！」

「ぜったい言いましたよ！」

「……ほんとは言いました。もちろん理由あってのことです」

「虹野くんを下の名前で呼ぶ理由とは？」

「カウンセリングを成功させるためです。私と親しくなることで、彼は本音を語ることができるんです」

即興《そっきょう》にしては上手い言い訳だ。凛々《りり》しい顔つきと相まって、とてもうそとは思えない。

琥珀も納得《なっとく》したようだけど……俺はちっとも安心できない。

今日という日を乗り切っても、同じマンションに住んでいる限り、関係バレの危険性は拭《ぬぐ》えないから。

いつか関係がバレるかも――。そう考えただけでメンタルが死んでしまいそうだ。このままだとマジでカウンセリングに通うはめになっちまう。

……もういいや。誤魔化すのはやめよう。どうせ卒業後にどっちかひとりを選ぶんだ。そのときに関係をバラすんだ。遅《おそ》かれ早《はや》かれ修羅場になるなら、さっさと明かしてしまうとしよう。

「ふたりとも、落ち着いて聞いてくれ。実を言うと――琥珀と朱里は俺の元カノなんだ」

ふたりがほうけた。

お互いに顔を見合わせて——

「えっ？　ええっ⁉　透真くん、赤峰先生と付き合ってたの⁉　いつ⁉」

「琥珀と別れたあとだ」

「透真を振ったひとって、白沢先生だったの……？」

「そういうことだ」

俺は認めた。認めてしまった。あとは野となれ山となれだ。

「……白沢先生、いまは透真と付き合ってないんですよね？」

「もちろんです。教師として、生徒と付き合うことはできませんから。……赤峰先生こそ、透真くんと付き合ってませんよね？」

「当然です。私は教師ですから。生徒とは付き合えません」

「本当ですか？　こっそり透真くんを誘惑《ゆうわく》しようと企《たくら》んでいるのでは？」

疑惑の目を向けられ、朱里はきっぱりと首を横に振る。

「企んでません。……とはいえ、透真が私を誘惑する可能性は否定できませんが。なにせ透真は私とえっちなことをするのが大好きでしたから」

きっぱりと首を振ったのに、なぜそんなことを言う⁉

「透真くん、本当なの⁉　赤峰先生を誘惑する気満々なの⁉」

「誘惑とかしないって！」

全力で否定してやると、琥珀は安心したようにため息をつき、

「透真くん、わたしとえっちなことするの大好きだったもんね。だからわたしを誘惑するつもりなんだよねっ」

朱里がぎらっと目を光らせる。

「透真、それ本当？　白沢先生とえっちなことするつもりなの？」

「しないって！　俺たち付き合ってるわけじゃないんだし！　そもそも教師と生徒なんださ！　俺は生徒として振る舞うから、ふたりも教師らしく振る舞ってくれよ！」

真剣にお願いすると、ふたりの心に響《ひび》いたようだ。

「そうだよね……。教師が生徒とえっちなことしちゃだめだよね。わたし、ちゃんと教師らしく振る舞うよ」

「私も教師として、透真に手を出さないと誓《ちか》うわ」

お互いに抜《ぬ》け駆《が》けの意思がないことを確かめ、ふたりは疑いの眼差《まなざ》しを引っこめた。

どうなることかと思ったが、修羅場にならずに済んで一安心だ。

これで悩《なや》みは晴れた。明日からは平和な学校生活を送れそうだ。

胸を撫《な》で下ろした俺は、こってりとした味付けの生姜焼きを頬張《ほおば》るのだった。

《第二幕　抜け駆け》

翌朝。

「おはよっ、透真《とうま》くん」

玄関ドアを開けたら琥珀《こはく》が佇《たたず》んでいた。

「うわっ⁉」

びっくりした……。まさか琥珀がいるとは思わなかったよ。昨日、朱里《あかり》と『抜け駆けはしない』って約束したばかりなのに……。

いや、まだ抜け駆けと決まったわけじゃないか。なにか正当な理由があるかもだし。

「こんなところでなにしてるんだ？」

「いってらっしゃいのチューしようと思って」

がっつり抜け駆けじゃねえか！

「チューはだめだろチューは」

琥珀とキスしたい気持ちはあるが……やっぱりキスはしちゃまずいよな。そういうのは恋人同士でするものだし。

「う、うん。わかってる。ただの冗談だよ」

ほんとかね？　俺が受け入れたらマジでキスする気だったんじゃないの？

「だったら、ここでなにしてるんだ？　……俺と登校するつもりなら、それは無理だぞ」

琥珀は注目の的なのだから。電車通勤だろうと車通勤だろうと琥珀と登校すれば生徒に目撃《もくげき》され、『ふたりは特別な関係なのでは？』と疑惑の目を向けられてしまう。

「わかってるよ。教師と生徒が一緒に登校するのはおかしいもんね。昨日約束した通り、人目につくところでは透真くんにべたべたしないようにするよ」

だけど、と琥珀が俺の手を掴《つか》んできた。柔らかな手で握《にぎ》られ、どきっとしてしまう。

琥珀って、こんなに積極的だったっけ？　琥珀は恥《は》ずかしがり屋《や》で、冗談でも自分からキスしたいとは言わなかったし、手だっていつも俺のほうから繋《つな》いでたんだが……。

しばらく見ない間に、えっちな性格になったのかも。

「いまはふたりきりだから、ちょっとくらい仲良くしてもいいよね？」

もしかするとこの『仲良く』ってのも、エロい意味が含《ふく》まれているのかも。そう思うと、どぎまぎしてしまう。

「たしかにふたりきりだが、外で仲良くするのはまずいんじゃね？　ほら、朱里もここに来るかもしれないだろ?」

琥珀が来たんだ、朱里が同じことを考えててもおかしくない。琥珀に言い寄られているところを目撃すれば、再び言い争いが勃発《ぼっぱつ》してしまう。

「平気だよ。誰にも見られないところに行くから。……ついてきてくれる?」

俺に拒絶《きょぜつ》されるのが怖《こわ》いのか、琥珀は不安そうにたずねてきた。

好きな女にこんな顔を向けられ、断れるわけがない。それに琥珀は朱里に見つかるかもという危険を冒《おか》してまで俺に会いに来てくれたのだ。本気で俺のことを愛してくれているのだという思いがひしひしと伝わってきた。

「いいよ。俺も琥珀と話したいし」

俺が言うと、琥珀は嬉しげに顔を輝《かがや》かせる。

琥珀とともにエレベーターに乗りこみ、地下駐車場《ちゆうしやじよう》へと連れていかれ、ミニバンの前で立ち止まる。

黒塗《くろぬ》りのミニバンは、かなりの威圧《いあつ》感がある。怖いお兄さんがいまにも出てきそうで、琥珀のような小柄《こがら》で可愛い女性が乗りこなしているイメージはない。

「これ琥珀の車?」

「うん。ほんとは軽自動車がよかったんだけどね。お父さんが『煽《あお》られないように大きい車を買いなさい』って言うから」

琥珀のお父さんが心配性《しんぱいしょう》だってことは、付き合ってた頃に聞かされた。

門限が厳しいので遠出デートはできず、デート中にたびたび電話がかかってくることもあり、そのたびに俺は息を潜《ひそ》めていた。

心配性で束縛《そくばく》が厳しいおじさんに男と付き合っていることが知られたら、俺に魔《ま》の手が忍《しの》び寄るかもしれない。おまけにそれが五つも年下だと知られたら、交際に反対されるに違いない――琥珀はそう考え、俺との交際を明かさなかったのだ。

琥珀が遠くの大学へ進学を決めたのも、おじさんから逃《に》げるためだったのかもしれない。

大学生になって間もない頃はこっそり帰省して、俺と泊《と》まりがけのデートに出かけてたけど……地元に住んでいたとき以上に会えない時間が増え、結果として破局してしまったのだった。

「あのおじさんがよくひとり暮らしを許可したな」

琥珀の実家からはそれなりに距離《きょり》があるが、通えないわけじゃない。実際、琥珀の妹は毎日通ってるわけだしな。

「最初は反対されたけど、最終的には認めてくれたよ。これがほかの学校だったら、許可してくれなかったと思うけどね」

「ほかの学校だったら？」

うん、とうなずき、

「わたしのお父さん、うちの校長先生なの」

……マジで？

厳しいと評判で、泣いて謝る生徒たちに問答無用で退学を言い渡《わた》したこともあるという校長先生が、琥珀の父親だと？

そうだとすると、琥珀との関係が明るみに出れば、私刑《しけい》に処された上で退学処分を言い渡されるんじゃね？

い、いや、ここはポジティブに考えよう！　琥珀はおじさんの怖ろしさを嫌《いや》というほど知ってるんだ。おじさんの支配下では普通《ふつう》の教師として振る舞うはず。おじさんに関係がバレることはないはずだ！

そう自分を安心させて、俺はミニバンの後部座席に乗りこむ。甘い芳香剤《ほうこうざい》の香りが漂《ただよ》う車内はかなり広々としていた。

「すげえ広いな」

「いずれ狭《せま》く感じるよ」

俺のとなりに座《すわ》り、琥珀が言う。

「透真くんの赤ちゃんをいっぱい産むって意味だよ。バレーチーム作ろうねっ！」

「どういう意味？」

「なに言ってんの⁉」

「サッカーチームのほうがよかった？」

「そういう意味じゃなくて！　ていうかサッカーチームだと定員オーバーだろ！」

「ほんとだ。バス買う？」

「買わねえよ⁉」

「バスは高いもんね」

「価格の心配はしてないから！　急に将来設計の話をされて戸惑《とまど》ってるだけだから！」

「こういうことは早め早めに決めといたほうがいいよ」

「そりゃそうだが……言いにくいけど、琥珀と復縁《ふくえん》するって決めたわけじゃないし……」

ぎゅ、と琥珀が腕を組んできた。

俺の腕に、むにむにと柔らかいものが押《お》しつけられる。

ひさしぶりの感触《かんしょく》にどきどきしていると、琥珀がほほ笑みかけてきた。

「わたし、透真くんのこと大好きだよ」

「おう。ありがとな」

「透真くんは？　わたしのこと好き？」

「ああ。好きだぞ」

「赤峰《あかみね》先生より好き？」

「……同じくらい好きだ」

俺《おれ》は正直に告げた。面と向かってこんなこと言うのは気が引けるが、うそをついてぬか喜びはさせたくない。

琥珀は悲しげな顔を垣間見《かいまみ》せたが、すぐににこやかな顔つきになる。

「ありがと」

「……なんでお礼を？」

「あんなひどい振り方したのに、まだ好きでいてくれたんだもん。こうやって透真くんとおしゃべりできるだけでも幸せだよ」

でも、と決意の眼差しで、

「ぜったいに赤峰先生には負けないよ。卒業する頃には、赤峰先生以上にわたしのことを好きにさせてみせるから。そのときはわたしと復縁してくれる？」

「ああ。そのときは迷わず琥珀と復縁するよ」

約束すると、琥珀は嬉しげにはにかむ。

「透真くんとの復縁が待ち遠しいよ。――そうだっ」

と、琥珀は思い出したように手を叩《たた》き、バッグから弁当箱を取り出した。

「透真くんにこれを渡そうと思ってたの」

「わざわざ作ってくれたのか？」

「うん。透真くんの好きなおかずをたくさん入れたから、残さず食べてくれると嬉しいんだけど……」

「残すわけないだろ。俺、琥珀の手料理マジで好きなんだから」

人生最後の日になにを食べたいかと問われたら迷わず『琥珀の手料理』と答えるくらい好きだ。

なにせ俺、ずっとコンビニ弁当を食ってたからな。父さんも母さんも仕事人間かつ放任主義で、おまけにメシマズだったし。

中一の春に琥珀と出会い、手料理を食べたときの衝撃《しょうげき》は、いまでも忘れられない。

美味しさもさることながら、俺のために料理をする姿に惹《ひ》かれ、琥珀に惚《ほ》れたのだ。

平日は我《わ》が家《や》で料理を作ってくれたし、休日は弁当を持ってデートに出かけてた。

大学に進学して以降は手料理を食べる機会が減ってしまったけど、俺にとっては琥珀の手料理こそが家庭の味なのだ。

「よかった。毎日作ってあげるね」

「おう。頼《たの》む！」

昔みたいに毎日琥珀の手料理が食えるのだと思うと、嬉しさで胸がいっぱいになる。

「弁当箱はどうすればいい？」

「学校が終わったら取りに行くよ」

「わかった。念のため来る前に連絡してくれ」

琥珀と朱里には昨日のうちに着信拒否《きよひ》を解除してもらったのだ。

俺は弁当袋《ぶくろ》をカバンに入れ、

「んじゃ、そろそろ登校するよ」

「その前に……いってらっしゃいのチューしていい？」

琥珀が再び冗談を口にする。だけど……さっきとは雰囲気《ふんいき》が違う。瞳《ひとみ》は熱っぽく潤み、頬が紅潮し、声だって蠱惑的《こわくてき》だ。

大人の色気を醸《かも》し出す元カノに、俺はどぎまぎしてしまう。

「い、いや、キスはまずいだろ。生徒と教師なんだから」

「いまはふたりきりだよ」

「そりゃそうだが……」

　ぶっちゃけ俺もキスしたい。だけど一度キスしてしまえば歯止めが利《き》かなくなりそうだ。キスが日常になってしまうと誰かに見られるリスクが高まる。相思相愛とはいえ復縁したわけじゃないし、やはり恋人同士ですることは避《さ》けるべきだ。

　琥珀もわかってくれたようで、

「じゃあ……おっぱい揉《も》んでくれる？」

　全然わかってくれてなかった。

　揉みたいけども！　めちゃくちゃ揉みたいけども！　でもだめだ！　できない！　恋人じゃないんだから！

　だけど——『揉めるわけないだろ！』とは言えなかった。なぜなら琥珀の顔が真っ赤に染まっていたから。

　いきなり手を繋いだり、キスをおねだりしてきたり、あげくの果てに胸を揉ませようとしたり……しばらく見ないうちにエロい性格になったのかと思ったが、そうじゃなかった。

　琥珀はただ、恥《は》ずかしいのを我慢《がまん》しているだけなのだ。大好きな俺と復縁するために、勇気を出して積極的に振る舞っているだけなのだ。

　好きな女にここまでのことをされて、断ることはできない。

　幸い、ふたりきりなんだ。毎日揉むことはできないが、勇気を出してくれた琥珀のためにも、一回くらい揉んであげないと。

「……ほんとにいいのか？」

「う、うん。昔みたいに透真くんに触《さわ》ってほしい。あ、でも……ひさしぶりだから、痛くしないでね？」

恥じらいを堪《こら》えるようにきゅっと下唇《したくちびる》を噛《か》み、緊張《きんちょう》しているのか身体《からだ》を強《こわ》ばらせる琥珀。

そんな元カノの胸元《むなもと》に手を伸《の》ばしていき――

こんこん、と窓がノックされた。

……朱里が窓越《まどご》しに俺たちを見つめていた。

「うわあああ⁉」

俺は咄嗟《とっさ》に手を引っこめる。どうしたの、と琥珀が俺の視線を追いかけ、朱里に気づく。

朱里に手招きされ、俺たちは車を降りた。

朱里は琥珀を睨《にら》みつけ、

「白沢《しらさわ》先生……抜け駆けしましたね？」

「抜け駆けではありません。透真くんにお弁当を渡していただけです」

「でしたら、私も明日からお弁当を作ることにします。生徒の健康管理は養護教諭の務めですから」

「いえ、お弁当作りは家庭科教師であるわたしに任せてください」

お互いに譲《ゆず》る気はないらしい。このまま言い争っても決着はつきそうにない。

「べつに料理担当を決める必要はないだろ。ふたりが作ってくれるなら喜んで食べるぞ」

「だけど……そんなに食べて、お腹壊《なかこわ》さない？」

「透真に無理はさせられないわ……」

「心配いらないって。俺、胃袋《いぶくろ》のデカさには自信あるしさ。いくらでも食えるから、遠慮なく作ってくれ」

俺の言葉に、琥珀は嬉しげな顔をする。一方で、朱里はどこか不安そうにしていたが、こくりとうなずいてくれた。

そうして言い争いを鎮《しず》めた俺は、ふたりに見送られるなか、駐車場をあとにした。


その日の四時間目。

本来はグラウンドで体力測定のはずだったが、雨天のため体育館でバレーボールをすることになった。

いま戦っているチームにはバレー部のエースとキャプテンがいて、ハイレベルな試合に男子たちは大盛り上がりだ。

そんななか、俺は壁際《かべぎわ》で考えごとをしていた。

悩みの種は元カノだ。

琥珀と朱里は俺と復縁する気満々で、俺はふたりのことが好き。だけど同じくらい好きだからって、ふたりと付き合うわけにはいかない。そして二股《ふたまた》をかけるわけにはいかない以上、どちらかひとりを選ばなきゃならないわけで……。

やっぱり最初に付き合った琥珀と復縁するべきか？

それとも最後に付き合った朱里と復縁するべきか？

「どうするかな……」

「──危ない！」

バンッ！　突然《とつぜん》顔面に衝撃《しょうげき》が走り、鼻に激痛が迸《ほとばし》る。

「うぎッ⁉」

「ご、ごめん虹野《にじの》くん！　サーブが逸れちゃって……」

俺にボールをぶつけた男子がすまなさそうに謝《あやま》ってきた。向こうのコートで試合をしていた女子たちが心配そうにこっちを見ている。

「い、いや、気にするな。ぼーっとしてた俺も悪いし……」

威圧的《いあってき》な風貌《ふうぼう》の俺にボールをぶつけてびくびくしていたクラスメイトは、俺に許されて安堵《あんど》の表情を浮《う》かべる。

これを機に怖いイメージを払拭《ふっしょく》できれば、まさに怪我《けが》の功名なんだけどな。

「わっ！　虹野くん、血！　血！」

「え？　──あ」

どろりと鼻から液体がこぼれる。手の甲《こう》で擦《こす》ると、べったり血がついていた。流れ出る鼻血を手の甲で押さえていると、体育教師がやってきて、

「虹野、平気か？」

「はい。鼻血が出ただけです。トイレに行っていいですか？」

トイレットペーパーを鼻に詰《つ》めればいずれ止まるだろ。

「トイレに行くのは構わんが、赤峰先生に診《み》てもらったらどうだ？」

朱里と校内で接触《せっしょく》するのはかなり不安だけど……さすがに学校にいるときは教師として振《ふ》る舞《ま》ってくれるよね？

先生の言葉に従うことに決め、俺は体育館をあとにする。

「すみませーん」

保健室を訪《おとず》れると、室内には朱里しかいなかった。デスクの椅子《いす》に腰《こし》かけて書類に目を通していた朱里はこちらを振り向き、

「あら、どうしたの？」

凜《りん》とした顔で言った。

よかった。ちゃんと教師として振る舞ってくれるみたいだ。いまはふたりきりだけど、俺も生徒として振る舞わないとな。

「顔にボールが当たって、鼻血が出たんです。ティッシュありますか？」

「ええ。好きなだけ使いなさい」

ティッシュ箱を受け取り、パイプ椅子に腰かける。ティッシュを丸めて鼻に詰め、手を洗って血を落とす。

「止血は終わったかしら？」

「はい、終わりました」

「そう。ではこっちに来なさい」

朱里はベッドわきに佇み、手招きしてきた。

「……なぜですか？」

嫌な予感がする。まさかベッドでエロいことを始めるつもりじゃないよな？

「処置をするのよ」

「処置ならもう終わりましたけど……」

「それだけでは足りないわ。早くこっちに来なさい。動けないならベッドをそっちに運ぶわよ」

朱里は力持ちだ。おまけに冗談を言うタイプではない。早くもベッドの脚《あし》を掴んでるし、マジでベッドを運びかねない。

さすがに学校ではエロい行為《こうい》を控《ひか》えるはず。ここはおとなしく朱里の指示に従うか。

ベッドへ向かうと、朱里が掛《か》け布団《ぶとん》をぺろっとめくる。

「寝《ね》なさい」

「ただの鼻血なんですけど……」

「鼻血だからといって甘く見てはだめ。血が止まるまでは安静にしなさい」

「……わかりました」

養護教諭の判断に従うことに決め、俺は上履《うわば》きを脱《ぬ》ぎベッドに横たわる。すると朱里は仕切りのカーテンを閉め、添《そ》い寝《ね》してきた。

エロいことしてるじゃん！

「なにやってんすか!?」

「添い寝よ」

「見りゃわかりますって！」

「そしてこれがハグよ」

「なぜハグを⁉」

「抱《だ》きしめることで安心感を促《うなが》しているの。不安で病状が悪化するかもしれないもの」

「むしろ不安をかき立ててるんですけど⁉　マジでいますぐ離れたほうがいいって！」

タメ口で告げると、朱里は形の良い眉《まゆ》を下げ、悲しげに瞳を揺《ゆ》らした。

「私との添い寝、嫌《きら》いになったの？」

「べ、べつにそんなことは……」

朱里との添い寝は大好きだ。

交際中の思い出を振り返ると、ことあるごとに添い寝していた記憶《きおく》がある。

特に印象深いのが、交際一年目の冬休みに温泉宿へ出かけたときの添い寝だ。

露天風呂《ろてんぶろ》に入り、朱里の裸《はだか》をはじめて拝み、湯上がり後に布団《ふとん》のなかでいちゃついた。

ただの添い寝ではなく、お互いに生まれたままの姿で抱きあった。あのときの朱里の肌《はだ》の柔《やわ》らかさと温かさは、いまでもはっきりと覚えている。

「じゃあ、ハグは？　ハグも好き？」

「……ああ。好きだよ」

はじめて朱里にハグされたのは、遠い親戚《しんせき》の葬儀《そうぎ》の日だ。

失恋《しつれん》の悲しみを乗り越《こ》えられず、葬儀場の隅《すみ》っこでめそめそしていた俺を、朱里は心配そうに抱きしめ、慰《なぐさ》めてくれた。

当時の俺は中学三年生で、朱里は大学二年生だ。たとえ泣いていても、普通は初対面の男子中学生を抱きしめたりしない。なのに朱里は俺を放っておけず、ハグで慰めてくれた。めそめそしている理由が親戚を亡《な》くしたからではなく、失恋したからだと説明すると、気晴らしに遊びに連れていってあげると誘《さそ》ってきた。

あのとき俺はふと思った。俺に姉がいたらこんな感じなのだろうかと。その日から俺は朱里を姉として慕《した》うようになり、朱里は俺を弟のように可愛《かわい》がってくれた。たびたび遊ぶ仲になり、水族館や動物園に連れていってもらい、いつも仏頂面《ぶっちょうづら》の朱里が笑顔《えがお》を見せた瞬間《しゅんかん》に好きになり、告白すると戸惑いつつも受け入れてくれた。

そうして恋人《こいびと》になった日を境に、朱里は違《ちが》う顔を見せるようになった。

医者と教師という立派な両親に育てられ、尊敬するふたりにがっかりされるのが嫌で、悩みがあってもひとりで抱《かか》えこんでいた朱里にとって、俺は本音で話せるたったひとりの存在になった。朱里は悩みがあると俺に抱きつき、甘《あま》えてくるようになったのだ。

だから、もしかすると——

「……悩みがあるのか？」

探《さぐ》りを入れると、朱里はぴくっと震《ふる》えた。

「……どうしてわかるの？」

「朱里のことが好きだからだ。好きな女の様子がおかしいことくらい、すぐにわかるよ。悩みがあるなら遠慮《えんりょ》なく言ってくれ」

「……いいの？　私、透真の彼女《かのじょ》じゃないのに……迷惑《めいわく》じゃない？」

「迷惑じゃないって。元カノとはいえ、朱里のことが好きな気持ちに嘘偽《うそいつわ》りはないんだ。好きな女が困ってるなら、助けたいと思うのが当然だろ？」

それに朱里は、失恋して鬱《ふさ》ぎこんでいた俺を救ってくれたのだから。あのときのお礼というわけじゃないけど、朱里を見捨てるつもりはない。

朱里は切れ長の瞳で俺を見つめ、か細い声で打ち明ける。

「……昨日食べた白沢先生の手料理、美味しかった。あんなに美味しい料理を作るひと、好きにならないほうが難しいわ……。それに比べて、私は料理できないし……」

実際、朱里は料理が下手だ。

交際中に手料理を振る舞ってもらったが、生煮《なまに》え生焼きで生臭《なまぐさ》く、味付けも個性的で、盛りつけもごちゃっとしてた。

朱里の手前完食したが、そのあと腹痛と戦うはめになってしまったし――朱里は申し訳なさそうに謝ってきた。

さらに朱里は炊事《すいじ》以外にも掃除《そうじ》・洗濯《せんたく》・裁縫《さいほう》など苦手なことが盛《も》り沢山《だくさん》。家事スキルが抜群《ばつぐん》に高い琥珀とは正反対なのである。

ただでさえコンプレックスを抱えてるのに、俺が琥珀の料理を褒《ほ》めたせいで落ちこんでしまったというわけだ。

「私、透真にお弁当作るのやめるわ。透真がお腹《なか》を壊《こわ》してしまうし、白沢先生に勝てないのは目に見えているもの……」

「落ちこむなよ。ひとには得意不得意があるんだからさ」

「私には得意なことなんてないわ……」

「そんなことないって。朱里は運転が上手だし、歌も上手《うま》いだろ」

「だけど、白沢先生には劣《おと》っているわ。白沢先生と相思相愛だと判明したいま、私はお役御免《ごめん》よね……」

「そんなことないって」

「……私と復縁してくれるの？」

「それは……まだなんとも言えないけど……。でも、琥珀と同じくらい朱里のことも好きなんだ。朱里の笑顔を見た瞬間、好きになったんだ。だからそんな悲しそうな顔しないでくれ」

真剣《しんけん》な思いをこめて慰めると、朱里は嬉《うれ》しげにはにかんだ。

「ありがとう、透真……。私も透真が大好きよ。あんな腐《くさ》れ泥棒《どろぼう》ね……白沢先生には渡さないわ」

いま腐れ泥棒猫《どろぼうねこ》って言いかけたよね⁉　『泥棒猫』に『腐れ』をブレンドしたよね⁉

琥珀に対して敵対心を持ってるし、顔を合わせるたびに口論しそうで心配だなぁ……。

「──すみませーん」

キュッ、と心臓が引き締《し》まった。

誰《だれ》か来ちゃったんですけど⁉　こんなところ見られたら誤解されちゃうんですけど⁉

「ど、どうするんだ？」

「お、おち、おちち落ち着いて。わ、わた、わたた私がなんとかするわ」

めっちゃ動揺《どうよう》してるし、なんとかできそうには見えないのだが……。

「うろたえるくらいなら、はじめから添い寝しようとか言うなよな……」

「ごめんなさい……」

「謝らなくていいって。べつに責めてるわけじゃないから」

「本当は鼻血が出てるときに横になったらいけないの」

いま謝るようなことじゃないよね？　それだけ気が動転してるってことかな？　こんな状態で冷静に対応できるのだろうか……。

「すみませーん。赤峰先生？　いらっしゃらないんですかー？」

ん？　この声、もしかして……

「これ、琥珀じゃないか？」

「ほんとね。白沢先生なら問題なく対応できるわ」

急に強気になる朱里だった。

鋼のメンタルだな。そりゃ琥珀にならバレても免職《めんしょく》にはならないけど、見つかっていいことなんかひとつもないだろ。

でも、この場は朱里に任せるしかない。俺と一緒《いっしょ》にいることがバレてしまったら、逢《あ》い引《び》きしていたと勘《かん》ぐられてしまうから。俺はここに隠《かく》れ、存在感を消さなければ。

俺をベッドに残して、朱里はカーテンの外へ出る。

「赤峰先生、そこにいらっしゃったんですね。なぜベッドに？」

「気分が優《すぐ》れないので仮眠《かみん》をしてました」

「ふたりで寝てたんですか？」

「……ひとりで寝てました」

「ひとりで？　……この匂《にお》いはなんですか？」

「香水《こうすい》です」

「透真くんの匂いがしますよ」

琥珀の嗅覚《きゅうかく》、怖っ！

「そんな匂いはしません」

「しますよ。家庭科教師の嗅覚を甘く見ないでください。……くんくんっ。やっぱり透真くんの匂いがします。赤峰先生……透真くんと添い寝しましたね？」

「いけませんか？」

認めちゃうのかよ！

シャッとカーテンが開かれ、琥珀が姿を見せた。

「赤峰先生とえっちしたの？」

「そ、そんなことするわけないだろっ！」

「でも透真くん、鼻血が出てるよ……」

「興奮して鼻血が出たわけじゃないから。バレーボールが顔面にヒットしただけだから」

琥珀は疑惑《ぎわく》の目を引っこめ、心配そうな顔をした。

「だ、だいじょうぶなの？」

「平気だ。もう痛みも引いたしな」

琥珀は安心したように吐息《といき》すると、朱里を見つめ、責めるような口調で言う。

「添い寝はずるいです。こんなの抜け駆けじゃないですか」

「抜け駆けではありません。私の添い寝は『怪我人《けがにん》の介抱《かいほう》』という目的あってのことですから。これが責められるなら、白沢先生のお弁当も責められて然《しか》るべきです」

「そ、そうかもしれませんけど……添い寝はずるいです。わたしだって透真くんと添い寝したいです。だから……」

じっ、と琥珀が俺を見つめる。

「透真くん……今日、わたしと寝てくれる？」

「白沢先生と寝るくらいなら、私と寝てほしいわ。私のほうが上手に添い寝できるもの」

「そんなことありません。わたしのほうが添い寝上手です。付き合ってた頃《ころ》、透真くんと裸で寝たこともあるんですから。あのとき透真くん、すっごく気持ちよさそうな顔をしてましたから」

「透真は私とも寝てくれました。お互《たが》いに裸で抱きあいました。透真は本当に気持ちよさそうにしてました」

琥珀と朱里が俺とのえっちな思い出話に花を咲《さ》かせる。

ふたりの添い寝に優劣《ゆうれつ》なんてつけられないが、とりあえず添い寝してあげないと口論が続きそうだ。

「じゃあさ、次の土曜は三人で寝ないか？」

俺の提案に、ふたりはぴたっと言い争いを止める。

「え？　一緒に寝てくれるの？」

「透真。それ本当？」

「本当だって。三人でだけどな。ふたりともそれでいいか？」

「もちろんだよっ」

「私もそれでいいわ」

ふたりは嬉しげな顔で言う。そうして話がまとまると、朱里が思い出したように、

「ところで、白沢先生はなぜ保健室に？」

「絆創膏《ばんそうこう》をいただきに来ました」

「琥珀、怪我したのか？」

「ううん。五時間目に調理実習があるから、生徒が包丁で怪我したときのために用意しておくことにしたの」

「なぜ昼休みまで待てなかったのですか」

添い寝を邪魔《じゃま》された朱里は不満げだ。

「お昼休みは、授業の準備でバタバタすると思いまして。いまになって思えば、第六感が働いたのかもしれませんね」

添い寝を途中《とちゅう》で阻止《そし》できた琥珀はどことなく得意気だった。朱里は悔《くや》しそうにしつつも戸棚《とだな》から絆創膏を取り出して琥珀に渡す。

琥珀は絆創膏を受け取り、

「透真くんはいつまで保健室にいるの？」

「そろそろ体育館に戻《もど》るよ」

ちょっと長居しすぎた。鼻に詰めていたティッシュを抜《ぬ》くと、鼻血はすっかり止まっていた。

そうして俺はふたりと別れ、体育館へと引き返したのだった。


その日の昼休み。

俺はカバンから弁当箱を取りだした。

うちの学食はメニューが豊富で生徒に人気があり、弁当派は少ない。例に漏《も》れず、俺も学食派だったが、今日からは弁当派に鞍替《くらが》えだ。

なにせ琥珀がわざわざ作ってくれたからなっ。学食も美味《おい》しいけど、琥珀の手料理には敵《かな》わないのだ。

どんな弁当だろ。楽しみだなぁ。

わくわくしつつ包みを開く。弁当箱は二段構造になっていた。一段目にはおかずが敷《し》き詰められている。

たこさんウィンナーにタマゴ焼き、ピーマンの肉詰《にくづ》めにきんぴらごぼう、プチトマトにブロッコリーという布陣《ふじん》。

ほとんど俺の好物だ。ブロッコリーはちょっと苦手だが、好き嫌いは身体《からだ》に良くない。

琥珀が俺の健康を考えてくれていることがひしひしと伝わってくるラインナップだ。

「それ、自分で作ったの？」

二段目を確認《かくにん》しようとしたところ、白沢さんが興味深げに声をかけてきた。

「あ、ああ。手作りだよ」

琥珀に作ってもらったなどと言えるわけがなく、俺は咄嗟にうそをつく。姉妹とはいえおかずを目にしただけで『姉が作った』とは見抜《みぬ》けないようで、

「ひとって見かけによらないのね」

と、感心したように言う。

琥珀の手柄《てがら》を横取りしたようで、ちょっと罪悪感……。

ともあれ隠し通すことができ、ほっと胸を撫《な》で下ろしつつ、二段目をオープン。

……ご飯に桜でんぶでハートマークが描《か》かれ、細かく刻んだ海苔《のり》で『とうまくん、ダイスキ！』と書かれていた。

「……どういう心境でその弁当作ったわけ？」

白沢さんは、ちょっぴり引いているみたい。気持ちはわかる。自分で自分に愛妻弁当を作っちゃったわけだしな。

いまさら遅《おそ》いけど、明日からは普通の弁当を作ってもらおう。

「料理は愛情っていうだろ？　美味しい弁当になるように、自分への愛をこめて作ったんだよ」

「歪《ゆが》んだ愛ね」

「べ、べつに歪んでてもいいだろ。それよりなんか用？」

「さっきの授業で怪我してたみたいだから、様子を見に来ただけよ」

心配して声をかけてくれたのか。

昨日は口が悪い女子だと思ったけど、なんだかんだ優《やさ》しいんだな。

「心配してくれてありがと。鼻血が出ただけで済んだよ」

「それにしては戻ってくるの遅かったわね」

「なかなか血が止まらなくてな」

ベッドで朱里といちゃこらしたあと琥珀に添い寝を迫《せま》られた、なんて言えるわけがなく、俺はてきとーに誤魔化《ごまか》す。

「ところで、そろそろ飯食っていい？　俺もう腹ぺこなんだよ」

白沢さんは意外そうな顔をする。

「あんた、変わってるわね」

「変わってる？　昼休みに飯を食べるのは普通だと思うけど……」

「そうじゃなくて、あたしとの会話より食事を優先するのが変わってるって意味よ。普通、男子はあたしとの会話を優先するわ。で、お姉ちゃんの連絡先《れんらくさき》を聞き出そうとするの」

「昨日言っただろ。連絡先を聞き出すつもりはないって。俺が白沢さんと話してるときは、白沢さんと話したいから話してるのであって、あわよくば先生の連絡先を聞き出そうとかこれっぽっちも頭にないよ」

そもそも知ってるしな、琥珀の連絡先。

「そう。ならいいの。食事を邪魔して悪かったわね」

どことなく上機嫌《じょうきげん》そうに言うと、白沢さんは教室をあとにした。

◆

その日の夜。

ぎゅるぎゅると腹を鳴らしながらドラマを見ていると、インターホンの音が響《ひび》いた。

待ってましたっ！　足早に玄関《げんかん》へ向かい、ドアを開ける。思った通り、そこにいたのは琥珀だった。

弁当箱の回収ついでに夕食を作ると言われたので、楽しみにしていたのだ。

「遅くなってごめんね」

家に入るなり、琥珀が謝ってくる。

「いいって。わざわざ作ってくれるだけで嬉しいんだから。残業で疲《つか》れてないか？」

「ううん。残業じゃなくて、妹が……真白《ましろ》ちゃんが遊びに来てたの」

白沢さんが来てたのか。ちっとも気づかなかった。

「もういないよな？」

白沢さんは俺がお隣《となり》さんだと知っている。琥珀がうちに入るところを見られていたら、ただならぬ関係だとバレてしまう。

「その心配はないよ。ちゃんと駅まで送ったもん」

「そか。なら平気だな。ところで、白沢さんってわりと頻繁《ひんぱん》に来るのか？」

もしそうなら用心を怠《おこた》らないように気をつけないと。白沢さんが琥珀の家を出入りするタイミングと朱里がうちに来るタイミングがかぶったら、関係がバレちまうし。

「週に二、三回くらいだけど……家に招かないほうがいいかな？」

俺との関係を隠し通すためには、白沢さんを遠ざけたほうが賢明《けんめい》だ。……けど、

「白沢さんが来るときは連絡《れんらく》してほしいけど、家に招くのはべつにいいよ。だって琥珀は妹が好きなんだろ？」

「うん。小さい頃からずっと一緒だったもん。大学生になってひとり暮らしをすることが決まったときなんて、ふたりして泣いちゃったよ」

「そんなに好きなら、家から通うのもありなんじゃないか？　遠いとはいえ通えない距離《きより》じゃないだろ」

琥珀はちょっぴり憂鬱《ゆううつ》そうな顔をして、

「実家にいると、お父さんに束縛《そくばく》されて息が詰まるの……。真白ちゃんとのおしゃべりも、半分以上がお父さんの愚痴《ぐち》だったし……。なんかね、毎日お昼休みに校長室に来るように言われるんだって。で、行ったら『男に言い寄られてないか』とか『彼氏《かれし》ができたんじゃ

ないか』とか根掘《ねほ》り葉掘《はほ》り聞かれるみたい」

俺はぞっとしてしまう。

白沢姉妹の父親は厳しいと評判の校長なのだ。おまけに娘《むすめ》を溺愛《できあい》している。娘に恋人ができていないか目を光らせているのだ。

ふたりに恋人ができたら『恋人ができた』と言葉にしなくても、わずかな表情の変化でうそが見抜かれてしまうかも。

「頼むから、校長先生の前では教師の顔を崩《くず》さないでくれよ」

「わかってる。学校ではなるべくお父さんに会わないようにするよ。わたしはお父さんに呼び出されてないし、怪《あや》しまれてないんだと思う。生徒と結婚《けっこん》を前提にお付き合いしてるとか夢にも思ってないよ」

「実際、結婚を前提どころか付き合ってすらないしな」

「だけど、いつかは透真くんを紹介《しょうかい》しないと。『このひとがわたしの婚約者《こんやくしゃ》です』って」

「婚約してないけどね」

二連続で否定したが、琥珀はめげなかった。

「だったら、わたしと婚約したくなるように、もっともっとわたしのことを好きにさせてあげるねっ」

琥珀は気合いたっぷりに言うと、バッグからエプロンを取り出した。付き合ってた頃、俺《おれ》が誕生日に贈《おく》ったエプロンだった。

ずっと大事にしてくれてたんだな。嬉しいぜっ。

それにしても……さすがは家庭科教師。エプロン姿がかなり様になっている。可愛《かわい》さが五割増しだ。

俺の視線に気づき、琥珀がにこっと笑う。可愛さがさらに五割増しだ。やっぱり琥珀の笑顔は可愛いなぁ。

「わたしのエプロン姿、好き?」

「好きだ」

「そんなに好きなら、スマホの待ち受けにしていいよ」

琥珀はお玉を手に取り、ポーズを決める。超《ちょう》可愛いけど、

「待ち受けにはできないって。スマホを落としたらヤバいしさ。記憶に焼きつけるだけにするよ」

「じゃあ……裸エプロンになろっか?」

「なぜ裸エプロン⁉」

「だって、そっちのほうが記憶に焼きつくよね……? わたし、恥ずかしいけど……透真

くんが見たいなら、裸になるよ」

たしかに一生忘れられない思い出になるが、裸エプロン姿はまずい。理性が本能に負け、琥珀にえっちなことをしてしまいかねない。

「そんな格好したら、風邪《かぜ》引いちまうだろ。俺のせいで琥珀が風邪を引くとか、そんなの耐《た》えられねえよ」

「透真くん、優しいね。大好きだよ。透真くんは？　わたしのこと大好き？」

「ああ。大好きだ」

琥珀は幸せそうに頬を緩《ゆる》ませると、さっそく料理に取りかかる。俺は椅子に腰かけて、ドラマの続きを見ながら料理の完成を待つ。

「お待たせ～」

琥珀が料理を運んできた。

サラダうどんと厚揚《あつあ》げの生姜《しょうが》焼きだった。

今日は雨が降って蒸《む》し暑《あつ》かったので、さっぱりした料理が食べたいと思っていたのだ。

さすがは元カノ。二年付き合っただけあって俺の考えがよくわかってる。

「ありがと。美味しそうだな」

サラダうどんはミニトマトとレタスで美しく彩《いろど》られ、見るからに美味しそう。厚揚げの生姜焼きからも食欲をそそる香《かお》りが漂《ただよ》っている。

「ひとりぶんしかないけど、琥珀はいいのか？」

「わたしはお腹空いてないもん。真白ちゃんと食べちゃったし」

「そか。なら遠慮なく食べるとするよ」

「うん。……わたしが食べさせていい？」

俺に『あーん』したいらしい。俺のためにわざわざ飯を作ってくれたんだ、それくらいお安い御用《ごよう》である。

とはいえ、うどんだと『あーん』しづらいし……

「生姜焼きを食べさせてくれ」

箸《はし》を渡《わた》すと、琥珀は嬉しげにうなずいた。

厚揚げの生姜焼きを一切れ摘《つ》まみ、ふー、ふー、と息をかけ、

「はい、あーん」

「あーん……」

もぐもぐと咀嚼《そしゃく》する。生姜の風味が利いていて美味しい。

「どう？　美味しい？」

「ああ。美味《うま》いよ」

「よかった。ねえ、わたしも食べていい？」

「けっきょく食うのかよ」

「透真くんの感想聞いたら食べたくなっちゃった。あーん、あーん」

ぱくぱくとひな鳥みたいに口を開け、食べさせてほしそうにする。

厚揚げを一切れ食べさせると、琥珀はうっとりとした顔になった。

「間接キスしちゃったね……」

「ああ、言われてみればそうだな」

「透真くん、どきどきしないの？」

「さすがに間接キスくらいじゃな」

「そっか……わたしたち、いっぱいえっちなことしたもんね。はじめてわたしとキスした日のこと、覚えてる？」

「もちろん覚えてるよ。交際一ヶ月目の自宅デートのときだろ？」

正解だったようで、琥珀は「覚えててくれたんだね」と嬉しげに笑う。

「透真くんの家に入ったら、いきなりキスしてくるんだもん。びっくりしちゃったよ」

早く琥珀とキスしたいと思いつつも、はじめての彼女だったのでタイミングがわからず、一ヶ月が過ぎてしまった。

琥珀はかなりの奥手《おくて》だったので、俺のほうから行動しないと一生キスできそうにない。

そこで俺は『今度琥珀が家に来たらキスをしよう』と決め、琥珀を部屋に招いてすぐにキスをしたのだ。不意打ちのようなキスだったけど、琥珀は嬉しげに受け入れてくれた。

「おまけに透真くん、キスだけじゃなくておっぱいまで触《さわ》ってきたし……このままえっちする気なのかなって不安になっちゃった」

「怖《こわ》がらせて悪かった……」

「ううん。怖くなかったよ。ただ、あのときは可愛い下着じゃなかったから、見られたくなかったの。でもね」

と、琥珀が熱っぽい眼差《まなざ》しで見つめてきた。

「いまは可愛い下着だよ」

色気たっぷりにささやかれ、心臓が早鐘《はやがね》を打ち始める。琥珀の下着姿を想像してしまい、視線が胸に吸い寄せられる。

「……えっちしたいの？」

「な、なんでそうなる⁉」

「目を見ればわかるよ。透真くん、えっちしたそうな目をしてるもん。透真くんがしたいなら、させてあげるよ」

琥珀は顔を赤らめ、俺を誘惑《ゆうわく》する。

恥《は》ずかしがり屋《や》な琥珀がこんなこと言うなんて。よほど勇気を出しているに違いない。

俺は琥珀が大好きだ。勇気を出して誘惑してくれたなら、その思いに応《こた》えてやりたい。

……けど、復縁《ふくえん》前から一線を越えるのはまずいよな。

「えっちは無理だ」

「……じゃあ、添い寝ならいい？」

「添い寝は土曜にするって約束しただろ」

「そうだけど……赤峰先生に負けないように、添い寝の練習をしておきたいの」

朱里が知ったら怒《おこ》りそうだが、幸いにもいまはふたりきり。勇気を出して誘ってくれた琥珀のためにも、添い寝くらいはしてあげたい。

「わかった。今日は琥珀と一緒に寝るよ」

「やったーっ。ありがとっ」

琥珀は嬉しげに笑う。

それから俺はうどんを食べ、琥珀と皿洗いをする。片づけを済ませる頃には、二一時を過ぎていた。

「早くベッドに行こ」

「寝るのは風呂《ふろ》に入ってからだ。琥珀は……」

「わたしはお風呂に入ってきたよ。真白ちゃんと一緒に入ったの」

どうりでシャンプーの匂いがすると思ったよ。

「それ、パジャマ？」

「ううん。パジャマで料理すると汚《よご》れちゃうかもだから、着替《きが》えてきたの」

「その格好だと寝づらいだろ？　パジャマに着替えて、一時間くらいしたら来てくれ」

「わかった。透真くんとの添い寝、楽しみにしてるねっ」

琥珀は声を弾《はず》ませると、我《わ》が家《や》をあとにした。

万が一に備えて身体《からだ》の隅々《すみずみ》まで念入りに洗った俺は、風呂を上がると寝室《しんしつ》へ。

ベッドに消臭《しょうしゅう》スプレーをかけ、枕《まくら》の代わりになりそうなクッションを用意していると、インターホンが鳴った。

もう来たのか。早いな。それだけ俺との添い寝を待ちきれなかったってことかな？

再びインターホンの音が響いた。玄関へ向かい、ドアを開けると、ジャージ姿の美女が佇《たたず》んでいた。

朱里だった。

入浴して来たのか、長い黒髪《くろかみ》からはシャンプーの香りが漂っている。

……修羅《しゅら》場《ば》の予感がするぜ。

「ど、どうかしたのか？」

「メッセージ見てないの？」

「メッセージ？」

朱里はうなずき、

「電話をかけたけど出ないから、メッセージを送ったの。でもなかなか返信が来ないから、様子を見に来たのよ。もしかしたら……」

朱里はちらっと家のなかを覗《のぞ》き見て、

「もしかしたら、白沢先生とえっちしてるかもと思って」

「そ、そんなことするわけないだろっ。琥珀は家にいないよ。証拠《しょうこ》にほら、玄関に靴《くつ》ないだろ？」

「じゃあ……どうして電話に出てくれなかったの？　私に愛想尽《あいそつ》かしたの……？」

不安げな顔をされ、俺は朱里をそっと抱きしめる。背中をぽんぽんと叩《たた》きつつ、

「愛想を尽かしたりしないって。好きじゃなかったら、こんなことしないだろ？」

「……透真、好き」

「ああ。俺も好きだよ」

耳元でささやき抱擁《ほうよう》を解くと、朱里は幸せそうに微笑《びしょう》していた。機嫌《きげん》をなおしてくれたようで一安心だ。

「電話に出なかったのは風呂に入ってたからだ。それで用件って？」

「添《そ》い寝《ね》の練習がしたいの」

予感が的中した。

さすがは元カノ、考えることは同じってわけね。

このままだとダブルブッキングになってしまうけど……ふたりとも俺との復縁を望み、そのために手を尽くしているのだ。

ふたりが真剣に俺との復縁を望んでいるのなら、俺もふたりの思いに真剣に応えないと。

修羅場にならないようふたりを避《さ》けるのではなく、ふたりと過ごす時間を増やさないと。

そうすることで、俺にとって琥珀と朱里――どっちと過ごす時間が大切かが見えてくるはずだ。

「実を言うと、琥珀も添い寝に来るんだ」

朱里は不安げな顔をする。

「……白沢先生と寝るの？」

「いや、ふたりと寝るよ。だめか？」

「本当は透真とふたりきりがいいけど……迷惑はかけられないわ。それに、透真と添い寝できるだけで幸せだもの」

と、朱里が納得《なっとく》してくれたところで、隣室《りんしつ》から琥珀が出てきた。

朱里の顔を見るなり、不安そうに顔を曇《くも》らせる。

「……透真くん、赤峰先生と寝るの？」

俺は首を振《ふ》り、

「さっき朱里とも話してたんだが、ふたりと寝るよ。それでいいよな？」

「……うん。透真くんがそうしたいなら、それでいいよ」

俺に迷惑はかけたくないようだ。琥珀もうなずいてくれた。

俺は元カノたちを伴《ともな》って家に入り、そのまま寝室へと向かう。ふたりが言い争いをする前に、さっさと寝るとするか。

「さて。もう寝るか」

「電気消すのは待ってちょうだい。先に服を脱《ぬ》ぐから」

「な、なんで脱ぐんだよ！」

「いつも下着姿で寝ているからよ。ジャージのままだと寝づらいわ」

「俺と付き合ってた頃は普通《ふつう》にジャージで寝てただろ……」

「この一年で睡眠《すいみん》スタイルが変わったのよ。……だめかしら？」

「だめってことはないけど……」

下着姿で添い寝されるのは落ち着かないが、けっきょく掛《か》け布団《ぶとん》で身体は隠れるわけだしな。

「脱いでいいぞ」

許可を出すと、朱里はジャージを脱いだ。

セクシー下着だった。

ブラジャーのカップが縦に裂《さ》けて、亀裂《きれつ》から桜色の突起《とっき》が覗いている。呆然《ぼうぜん》とする俺と琥珀をそのままに、朱里はズボンに手をかけ——

「ストップです！　赤峰先生ストップです！」

琥珀が待ったをかけた。

「どうしてえっちな下着を着てるんですか！　教師にあるまじき下着です！」

朱里がむっと眉《まゆ》をつり上げる。

「透真がプレゼントしてくれた下着を悪く言わないでください」

「え？　透真くんが……？」

事実である。

付き合ってた頃、たまたまネット通販《つうはん》でセクシー下着を見つけ、朱里に似合うだろうと思って買ったのだ。

こんな形で再会するとは思わなかった……。琥珀の手前、かなり気まずい。

「透真くん、赤峰先生にえっちな下着をプレゼントしたの？」

「……ドン引きしたか？」

「ううん。引いてないよ。透真くんがえっちなことはわかってたもん。でも、わたしにはプレゼントしてくれなかったよね……」

「琥珀にはエプロンをプレゼントしただろ」

「それはそうだけど……」

常識的に考えれば、セクシー下着よりもエプロンを贈られたほうが嬉しいはず。なのに琥珀はとても悲しげな顔をしていた。なにもそんなに落ちこむことないだろうに……。

「もう脱いでいいかしら？」

朱里がズボンを脱ぎたそうにしている。上があれってことは、下は過激なパンツのはず。見せつけられたら興奮して睡眠どころじゃなくなっちまう。

「脱ぐのはだめだ。ちゃんと服を着てくれ。じゃないと添い寝はなしだ」

「わ、わかったわ……」

　朱里は残念そうにしつつも、ちゃんとジャージを着てくれた。部屋の明かりを消して、俺たちはベッドにもぐりこむ。

　するとふたりは俺の腕《うで》にしがみつき、ぐにぐにと胸を押《お》しつけて、おねだりするように話しかけてくる。

「透真くん、こっち向いて」

「お願い透真。私を向いて寝て」

　ひとりを選べば、もうひとりを悲しませてしまう。最終的にはひとりを選ばなきゃならないが……

「俺は仰向《あおむ》けで寝る」

　今日のところは、どちらも選ばないことにした。

　するとふたりが言い争いを始めた。

「本当はわたしひとりが透真くんと添い寝するはずだったのに……。どうして土曜日まで待てなかったんですか」

「それは私の台詞《せりふ》です。抜《ぬ》け駆《が》けしないと約束したのになぜ破るんですか」

「赤峰先生が抜け駆けしそうだったので、先手を打ったまでです。赤峰先生こそ、あんな下着を着てくるなんて……透真くんとえっちするつもりだったんじゃないですか?」

「いけませんか?」

「いけません。透真くんはわたしとえっちするんですから。わたしのほうが、気持ちよくさせられますから」

「いいえ、透真は私とのえっちのほうが好きに決まってます。そうよね透真?」

「違《ちが》うよね? 赤峰先生よりわたしとえっちしたいよね?」

「……ぐー……ぐー……」

とても答えづらいので、狸寝入《たぬきねい》りをする。

「……寝たの? 本当は起きてるんじゃない?」

「たぶん起きてますね。……でも、本当に寝てたら起こすのはかわいそうですよ」

「そうですね。私たちも寝るとしましょう」

ふたりは言い争いを止《や》め、俺の腕にぎゅっと抱《だ》きつき、寝息《ねいき》を立て始める。

ふう。やっと落ち着けるぜ。ふたりと添い寝できるのは幸せだけど、毎日この調子だと不眠症《ふみんしょう》になっちまう。

だけど、ふたりとも抜け駆けを阻止するために毎日うちに来そうだし……土曜日の添い寝はキャンセルして、添い寝は月に一回のイベントってことにしようかな。

まあ本来は添い寝どころか逢《あ》い引《び》きすらしないほうがいいんだけど……家にいる限りは関係が明るみに出ることはないだろう。

と、このときはそう思っていたのだが――

◆

二日後。

「虹野くん、いま話せる？」

朝のホームルームが始まる前。教室でひとりスマホをいじっていたところ、白沢さんが声をかけてきた。

「ああ、いいよ」

白沢さんと廊下《ろうか》に出ると、階段を上って屋上へ通じるドアの前で立ち止まる。

わざわざひと気のない場所に連れてきたってことは、内緒話《ないしょばなし》をするのだろう。おまけに白沢さんは真剣《しんけん》な顔をしている。世間話ってわけじゃなさそうだ。

いったいなにを話すつもりだ？　まさか琥珀との関係がバレたとか……。

いやいや、それはない。ちゃんと用心してるんだ。琥珀と再会して一週間も経《た》ってないのにバレるわけがない。

「で、話って？」

「実は、お姉ちゃんの様子が最近変なのよ」

琥珀の話題を切り出され、どきっとしてしまう。

表情の変化を悟《さと》られないよう努めて平静を装いつつ、聞き返す。

「白沢先生の様子が変？　風邪引いたとか？　だったら俺じゃなく赤峰先生に――それか病院に連れてったほうがいいんじゃないか？」

「違うわ。そういうことを言ってるんじゃなくて……あんたは男子だし、こういう表現は伝わらないかもだけど……お姉ちゃん、恋《こい》する乙女《おとめ》の顔をしてるのよ」

へ、へえ、そっか、なるほどね。つまりあれだ――がっつり怪しまれてるってわけだ！

どうしよう……。バレないように気を遣《つか》ってたけど、琥珀の表情から怪しまれてしまうとは……。

で、でもまあ、これはこれでラッキーだよな。おかげで対策が取れるしさ。

相談相手を間違《まちが》えたな、白沢さん！　心配してるところ悪いけど、上手《うま》いこと誘導《ゆうどう》して白沢さんの勘違《かんちが》いってことにしてやるぜ！

「へえー、そんな顔してるのかー。ちっとも気づかなかったぜ！　それ見間違《みまちが》いじゃないのか？」

「見間違いじゃないわ。お姉ちゃん、昔とまったく同じ顔をしてるのよ」

「え？　昔と同じ顔？　それってつまり、白沢先生に昔彼氏がいたってこと？　そ、そのひとを見たことがあるのか？」

気合いで冷《ひ》や汗《あせ》を食い止めつつたずねる。

「見たことはないわ。だけど、お姉ちゃんに彼氏がいたのは間違いないわ。彼氏ができたクラスメイト、みんな当時のお姉ちゃんと同じような顔をしてたもの」

「そ、そっか。白沢さんって、ひとの顔をよく見てるんだな」

探偵《たんてい》とか向いてそう。

「お姉ちゃんは月曜日頃《ごろ》から恋する乙女の顔を見せるようになったわ。でもお姉ちゃんの行動範囲《はんい》的に、出会いの場所は限られる。引《ひ》っ越《こ》しの時期だし、たぶん同じマンションに越してきた男に惚《ほ》れたんだと思うわ」

わずかな情報から自力で元カレの正体にたどりつきそうだ！

うーん。困った。ここまで怪しまれてたんじゃ、勘違いってことにするのは無理だよな。

下手に勘違いルートに持っていこうとすれば、逆に怪しまれかねないし……。

警戒《けいかい》レベルをもう一段階上げるとして、俺たちの関係がバレないように、あとで琥珀に

釘《くぎ》を刺《さ》しておこう。

「そ、そっかー。先生に好きなひとがねー。……てか、なんでその話を俺にするんだ？」

まさか俺を怪しみ、カマをかけてるんじゃないよな……。

「お姉ちゃんが心配だからよ。だってお姉ちゃん、男を見る目がないんだもの」

「そ、そうなの？」

「ええ。お姉ちゃんが前に付き合ってた男は最低のクズ野郎《やろう》よ。お姉ちゃんを悲しませるなんて……もし目の前に現れたら一〇〇叩きの刑《けい》に処してやりたいわ」

いままさに目の前にいるんですけど……。

てか白沢さん、間違いなく俺が琥珀を振ったと思いこんでるな。本当は振られた側なんだけど……。まあ普通は振られた側が悲しむしな。白沢さんが勘違いするのも無理ないか。

「要するに、白沢先生が悪い男に騙《だま》されてるかもしれないって言いたいんだな？」

「そういうことよ。だから、お姉ちゃんが部屋に男を連れこんでいる姿を見かけたら一報ちょうだい。お姉ちゃんに相応《ふさわ》しい男か、この目で見定めてやるわ」

なるほどね。それで琥珀の隣室に住んでいる俺に相談したってわけか。

「わかった。見かけたら教えるよ」

「助かるわ。いまスマホ持ってる？」

「ああ。持ってるよ」

俺はスマホを取り出すと、白沢さんと連絡先を交換《こうかん》する。

よかった。エプロン姿の琥珀を待ち受けにしてたら、一〇〇叩きの刑に処されるところだったよ。

「そうそう。この話はぜったい他言しちゃだめよ。誰《だれ》かに話して、それがお父さんの――校長の耳に届いたら、そいつ刀で斬《き》り殺されちゃうかもだし」

「え⁉　斬り殺されるの⁉」

俺が⁉　校長に⁉　このご時世に刀で⁉

「ああそっか。あんたは転校生だから知らないんだっけ。教育実習のとき、お姉ちゃんにちょっかいをかける男の先生がいたのよ。で、それを知ったお父さんは校長室の模造刀を手に職員室に乗りこんで、いろいろしたってわけ」

いろいろってなに⁉　そこ端折《はしょ》らないで！　大事なところだよ！

「そしたらお姉ちゃんにちょっかいをかける先生がいなくなったってわけ」

いなくなったって、この世から消えたって意味じゃないよね⁉

かなり気になるエピソードだが……知るのは怖いので聞かないでおこう。

だいじょうぶ。元カレだってバレなきゃいいだけだもんな！

「この話は俺と白沢さん、ふたりだけの秘密にするよ」

心から誓《ちか》いを立て、俺たちは教室へ引き返した。


けっきょく、その日は授業に身が入らなかった。放課後を迎《むか》えると俺は速《すみ》やかに帰宅し、琥珀に連絡を入れる。

【俺たちの将来に関《かか》わる大事な話をしたい。仕事が終わったら連絡くれ】

メッセージを送信。部屋着に着替えていると、電子音が鳴る。スマホを見ると、早くも琥珀から返事が来ていた。

【まさかプロポーズ⁉】

【大事な話って、そういうのじゃないから！】

【ごめんね。サプライズだった？】

【違うから！】

ポジティブに解釈《かいしゃく》しすぎだろ。まあ、ちょっと思わせぶりな文章を書いた俺にも責任はあるけどさ。

【大事な話って？】

【本当に大事な話だから、直接会って話すよ。今日は放課後予定ある？】

白沢さんにスマホを見られてしまった場合に備えて、記録に残さないほうがいいだろう。プロポーズの話をしたあとだし、いまさら遅《おそ》い気もするけど……それでも大事な話なのでじかに会って話すべきだ。

俺の文章から不穏《ふおん》な空気を察知したのか、なかなか連絡が返ってこない。

数分の間があり、メッセージとともに写真が送られてきた。

【今日は透真くんとえっちしたい】

ブラジャーに包まれた胸の谷間の写真だった。画面越しなのに柔《やわ》らかさが伝わってくる。

卑猥《ひわい》な写真に見入ってると、今度はパンチラ写真が送られてきた。スカートがめくられ、えっちなところが丸見えだ。太ももとパンツの夢の共演に俺のどきどきが加速する――！

けど、興奮している場合じゃない。

【どれだけ過激な写真を送っても、えっちなことはしないから】

【……えっちな気分にならなかった？】

【なったけど、えっちなことはしない】

【ほんとに？　赤峰先生の下着を見たときより、えっちな気分になってくれた？】

ああ、それで卑猥な写真を送りつけてきたのか。恥ずかしがり屋なんだから、無理して張り合うことないのに。

【同じくらいえっちな気分になったよ。とにかくいまは家にいるんだな？】

【学校にいるよ】

学校で自撮りしてんのかよ！　場所を考えろよ！

【誰かに見られたらどうするんだ！】

【平気だよ。女子トイレの個室だもん】

【だとしても警戒を怠るな。とにかく大事な話があるから、帰宅したら教えてくれ】

了解《りょうかい》、とスタンプが送られてくる。そして一時間が過ぎた頃、再びメッセージが届いた。

【帰ったよ。今日は真白ちゃん来ないから、うちに来ない？】

琥珀に家に招かれるのははじめてだ。朱里に邪魔《じゃま》されないように、俺を独《ひと》り占《じ》めしたいのだろう。これから大事な話をするのだ。ふたりきりのほうが落ち着いて話せる。琥珀の家に行くとするか。

【わかった。いまから行く】

やり取りを終えると俺はすぐに家を出た。五〇三号室のインターホンを押すと、待ってましたとばかりにドアが開き、琥珀が姿を見せた。

「いらっしゃい。入って入って」

「お邪魔しまーす」

シューズラックに靴を入れて家に上がり、寝室へ案内される。なんだか甘《あま》い香りのする寝室は白い家具で統一され、清潔感が漂っていた。

とりあえずベッドに腰《こし》かけると、琥珀が俺のとなりに座《すわ》り、ぴたっと寄り添い、さらに腕を絡《から》めてきた。俺の腕が豊満な胸にずぶずぶ沈《しず》んでいく。

「それで、大事な話って？」

「落ち着いて聞いてくれ。実は白沢さんに怪しまれてるんだ」

「……え？」

琥珀がほうけた。言葉の意味を理解したのか、じわじわと顔に不安が広がっていく。

「真白ちゃん、わたしと透真くんの関係に気づいちゃったの？」

「いや、まだバレてるわけじゃない。ただ、琥珀が誰かに恋してるってことはバレてる」

今朝白沢さんにされた話を、そのまま琥珀に伝える。

「そういうわけだから、教師を続けたいなら、俺と関わるのはやめるべきだ」

そして最後に真剣な口調でそう締《し》めくくると――

「もう会えないなんて、そんなの嫌《いや》だよ……」

琥珀が、涙声《なみだごえ》で言う。

その瞳《ひとみ》から、大粒《おおつぶ》の涙《なみだ》がこぼれた。

琥珀の涙を見るのははじめてで、俺はめちゃくちゃ焦《あせ》ってしまう。

「お、おい、泣くなよっ！　べつに琥珀のことが嫌《きら》いになったわけじゃないから！　た、ただ琥珀の将来を心配してるだけで……！」

「透真くんのいない将来なんて、考えたくない……。わたし、透真くんのこと大好きなの。本当に愛してるの……」

「も、もちろん俺も愛してるぞ！　琥珀のこと大好きだぞ！　だから泣き止《や》んでくれ！」

「愛しあうふたりが会えないなんて、間違ってるよ……」

「そ、そうだな。間違ってるな」

「わたし、透真くんとおしゃべりしたいよ……」

「そ、そうだよなっ。おしゃべりしたいよなっ！　うん、じゃあこうしよう。毎日電話でおしゃべりするんだ」

「顔を見ておしゃべりしたいよ……」

「わ、わかった。じゃあ直接おしゃべりしよう！　だいじょうぶ。用心さえ怠《おこた》らなければ白沢さんにバレっこないさ！」

必死になだめると、琥珀はやっと表情を和《やわ》らげてくれた。

涙を拭《ぬぐ》い、熱っぽい目で俺を見つめて、

「お風呂でおしゃべりがいい」

「うん！　わかった！　じゃあ今日はお風呂でおしゃべりしよう！」

俺《おれ》は受け入れた。教師と生徒にあるまじき行為《こうい》だけど……しょうがねえよな。断ったら琥珀に泣かれちまうしさ。

「えへへ、嬉《うれ》しい。透真くん、好き」

すっかり機嫌を良くした琥珀と風呂場《ふろば》へ向かう。そして脱衣《だつい》所に入るなり、琥珀は服を脱ぎ始める。ブラウスを脱ぎ、スカートを脱ぎ、下着姿になる。

琥珀の下着姿を見るのはひさしぶりだ。あのときも魅力的《みりょくてき》だったが、いまもかなり魅力的だ。

だけどあのときとは違い、琥珀はすっかり痩《や》せていた。

「琥珀、見違《みちが》えたな」

俺の言葉に、琥珀ははち切れんばかりの笑《え》みを浮《う》かべる。

「ありがとっ。透真くんのために、このスタイルを維持《いじ》するねっ！」

いまのを褒《ほ》め言葉《ことば》として受け止めたっぽい。

そりゃ琥珀の体つきが魅力的なのは否定しないけど、感想を口にしただけで、けっして褒めたわけじゃない。

「無理にスタイルを維持する必要はないからな」

「え、どうして？」

意外そうに問い返される。

琥珀が戸惑《とまど》う気持ちはわかる。世間一般的《いっぱんてき》に『太ってる』は悪口で『痩せてる』は褒め言葉だから。彼女《かのじょ》が痩せたら、喜ぶのが普通の反応だ。

「無理なダイエットは身体に毒だからだ。俺、琥珀には健康でいてほしいんだよ」

付き合いはじめたばかりの頃はぽっちゃりしていたが……大学生になり、遠距離恋愛《えんきょりれんあい》がスタートしてからは、会うたびに痩せていった。

べつに痩せ細《ほそ》ってしまったわけじゃなく、健康的に見えたので、心配はしなかったけど……別人のように細くなった琥珀を見て、心配になってしまったのだ。

「ううん。ダイエットじゃないよ。透真くんに会えないストレスで食事がのどを通らなくなって、痩せただけだもん」

「じゃあ、いまはちゃんと食事できてるってことか？」

「うん」

「……けど、さっき『スタイルを維持する』って言ったよな？」

しかも『透真くんのために』と言った。

このスタイルを維持するのにかなりの食事制限が必要なら――しかもそれが自分のためではなく俺のためだと思っているのなら、すぐにでもやめてほしい。

俺の心中を察したのか、琥珀は暗い顔をする。

「透真くんの気持ちは嬉しいけど……もう太るのは嫌だよ。わたし、ただでさえ背が低いのに……そのうえ太っちゃったら、赤峰先生に勝てないもん……」

実際、朱里はモデルとして天下が取れそうなスタイルだ。一方の琥珀は小柄《こがら》かつ童顔で、朱里とは正反対の容姿をしている。

だけど――

「俺、琥珀の外見に惚れたわけじゃないから。琥珀の家庭的な性格に惚れたんだ。琥珀がどんなスタイルだろうと嫌いになったりしないぞ。それとも……また昔みたいに言われるのが怖いのか？」

琥珀とは駅のホームで出会った。

そのとき琥珀は、同じ制服を着た連中に酷《ひど》いことを言われていた。

お前の代わりにカロリーを取ってやるからジュースを奢《おご》れ、だの、家まで走って帰ったほうがダイエットになるだろ、だの……。思い出すだけで腸《はらわた》が煮《に》えくりかえりそうになる言葉を浴びせられていた。

琥珀はいじめられていたのだ。

だから俺は助けに入った。

当時の俺は中学一年だったが、柄《がら》の悪い高校生みたいな風貌《ふうぼう》だった。そんな俺が怒鳴《どな》りながら駆《か》け寄ると、いじめっ子たちはびびって逃《に》げちまった。

琥珀とはその場限りの付き合いになるはずだった。だけど、琥珀はこんな見た目の俺を怖がらず、お礼を言ってくれた。その最中に俺の腹が鳴り、お礼に手料理をご馳走《ちそう》すると告げられた。

まさか初対面の女性に料理を振る舞《ま》われるとは思わず、かなり戸惑ったのを覚えている。俺が戸惑うと琥珀は「迷惑《めいわく》でしたよね……」と悲しげな顔を浮かべたので、俺はすぐさま「食べたい」と返事した。

琥珀の手料理は、この世のものとは思えない美味《おい》しさだった。そのあまりの美味しさに、俺は思わず口にしたのだ。

——この手料理を毎日食べられるひとは世界一の幸せ者だ、と。

その日から琥珀とはたびたび顔を合わせて料理を振る舞ってもらう仲になり、いつしか両想《りょうおも》いになり、いまに至るというわけだ。

「ううん。怖くないよ。透真くんさえいてくれたら、ほかのひとにどう思われようとどうだっていいもん」

　それに、と琥珀はほほ笑む。

「無理なんかしてないよ。バランスのいい食生活を心がけてるし、甘い物を控《ひか》えるようにしたから、むしろ前より健康的だよ。……でも、透真くんが太ってほしいって言うなら、喜んで太るよ」

「健康でいてほしいだけで、太ってほしいわけじゃないよ。昔の見た目もいまの見た目も、同じくらい可愛《かわい》いぜ」

　琥珀は瞳を潤《うる》ませた。

　今度の涙は、悲涙ではなく感涙《かんるい》だ。幸せそうに微笑して、

「ありのままのわたしを好きになってくれたのは、透真くんだけだよ……。ほかのひとは、痩せるまで見向きもしなかったのに……。太ってるわたしを見て、嘲笑《ちょうしょう》してたのに……。透真くんだけが、ほんとのわたしを好きになってくれた……。だからわたし、透真くんが大好きなの。いままでも好きだったけど、ますます好きになっちゃった」

「琥珀みたいな女子に好きになってもらえて光栄だよ」

「わたしたち両想いだね。ぜったい結婚《けっこん》しようね。そしたらわたし、毎日美味しい料理を作るから。子どもができたら、お弁当を持ってピクニックしようね」

「朱里とも両想いだから、結婚の約束はできないんだが……」

「わかってる。でも、ぜったいにわたしを選ばせてみせるから！」

と、琥珀が気合いたっぷりに叫《さけ》んだ、そのときだ。

玄関《げんかん》のほうから物音が響《ひび》き、

「お姉ちゃーん。遊びに来たよー」

白沢さんの声が聞こえた。

心臓が止まるかと思った。

「な、なんで白沢さんが……。カギをかけたはずなのに……」

「いつでも出入りできるように、合カギを渡《わた》してるの」

「なのに俺と入浴しようとしてたのかよ!? もっと警戒心《けいかいしん》持とうぜ……」

「いつも来る前に連絡《れんらく》くれるから油断しちゃった……来ないって言ってたのに、どうして急に来たんだろ？」

「抜《ぬ》き打《う》ち調査じゃね？」

きっと姉が男とイチャついてないか調べに来たのだろう。

なんにせよ、目的がどうあれ、ここにいるのはまずい。リビングならまだしも、半裸《はんら》の琥珀と脱衣所にいるところを見られたら言《い》い逃《のが》れはできない。

いますぐここから逃げないと！

だけど脱衣所を出たら白沢さんと鉢合《はちあ》わせてしまうし……

「透真くんはお風呂場に隠《かく》れてて」

「それしかなさそうだな」

俺は服を着たまま風呂場へ。空っぽの浴槽《よくそう》に入り、四《よ》つん這《ば》いになってふたを閉める。

内側での作業なので上手く閉めることができず、少しだけ隙間《すきま》ができてしまう。

「お姉ちゃん、そこにいたんだ」

白沢さんが脱衣所に来た。

もう物音は立てられない。

風呂場に踏《ふ》みこまれ、隙間を覗かれないように祈《いの》るしかない。

頼《たの》むぞ、琥珀。なんとか白沢さんを別室へ誘導してくれ！　できれば帰宅させてくれ！

「これからお風呂に入るところだったの？」

「う、うん。そうだよ」

「さっき話し声が聞こえたんだけど、お風呂場に誰かいるの？」

「た、ただの独り言だよ。お風呂場には誰もいないよ。証拠にほら」

がちゃ、と浴室の中折れドアが開く音。心臓はばっくばくだが、呼吸を荒《あら》げるわけにはいかない。

「ねっ？　誰もいないでしょ？　それより真白ちゃん、急にどうしたの？　今日は来ないはずじゃ……あ、わかった。お腹《なか》が空いたんでしょ？　いいよ、お姉ちゃんがご飯作ってあげる！　ほら、リビングに行こ！」

「ご飯はあとでいいよ。それより一緒《いっしょ》にお風呂に入ろ？」

「え⁉　お風呂に⁉」

「急に雨が降って少し濡《ぬ》れちゃったの。……だめ？」

「いいよ」

よくねえよ⁉　濡れた妹を放っておけない気持ちはわかるけど、ここに来られたらバレちまうだろ！

などとツッコミを入れるわけにはいかず、俺は息を潜《ひそ》め続ける。衣擦《きぬず》れの音が聞こえ、ドアが開く音が響き――

……ふたの隙間から、白沢さんの姿が見えた。

生まれたままの姿である。

胸は控えめだが、形はとても綺麗《きれい》だった。いわゆる美乳ってやつだ。

お腹は引き締まり、お尻《しり》は小ぶりで、全体的に幼さを感じさせる体つきだった。だけどクラスメイトの裸《はだか》なので、幼かろうとなんだろうと超《ちょう》エロい。見ちゃいけないのに、食い入るように見てしまう。

「そ、そろそろ上がろっか？」

風呂場に来るなり琥珀が言った。

「え？　なんで？　いま来たばかりなのに」

「そ、そうだね。ちゃんと身体《からだ》を洗わなくちゃね。真白ちゃんのクラス、今日は体力測定だったもんね」

「うん。張り切りすぎちゃって、いっぱい汗かいちゃったよ」

白沢さんは、手でパタパタと顔を扇《あお》ぐ。ちょっと幼い仕草だ。口調もそうだが、琥珀の前だと幼くなるんだな。

「てゆーか……お姉ちゃんもすごい汗だね。そんなに暑い？」

「これは冷や汗だよ」

「どうして冷や汗をかいてるの？」

「な、なんとなくだよ！」

「……お姉ちゃん、なにか隠してない？」

「な、なにも隠してないよ！　ほんとだよ！」

「そう。まーいいや。お姉ちゃん、先に洗う？　あたし湯船に浸《つ》かって待ってようか？」

にゅ、とふたの隙間から指が！　指がぁぁあ！

「お風呂はだめ！」

「ひゃあ⁉」

うしろから琥珀に抱きつかれ、白沢さんは手を引っこめた。

「ど、どうしたのお姉ちゃん？」

「真白ちゃんが可愛いから、抱きつきたくなっちゃった」

「そーなんだ。じゃー、あたしもお返しっ！　ぎゅ～」

全裸《ぜんら》でハグする美人姉妹をガン見する俺。

ふたつの意味でどきどきしていると、白沢さんはハグを止めて、

「で、どうしてお風呂はだめなの？」

さらなる追及《ついきゅう》に、琥珀がたじろぐ。

「そ、それは……まだお湯が入ってないからだよ」

「じゃあ入れるね」

ぴ、と音が鳴り、浴槽の穴からゴボゴボとお湯が出てきた。

「溺《おぼ》れちゃうよぉ⁉」

「わっ⁉　どうしたのお姉ちゃん？　溺れるってなにが？」

「う、ううん。なんでもない。お姉ちゃんの勘違いだったみたい」

すぐさま前言撤回《てっかい》する琥珀。

湯船を確かめられるよりはマシだと判断したようだけど、このままじゃ俺の命がヤバい。

湯船の栓《せん》を抜こうにも、音でバレちまうかもだし……。

タイムリミットは一〇分弱。湯船にお湯が満ちる前に、なんとか白沢さんを追い出してくれ！

「さっそく洗っちゃお。真白ちゃんからいいよ」

シャワーの音が響き、白沢さんが髪《かみ》を洗う。命の危険を感じつつ、ふたの隙間から白沢さんの横顔と横乳を見る。

まさかクラスメイトの入浴シーンを生で見る日が来るとはな。……俺、明日からどんな顔して白沢さんと話せばいいんだろ？　顔を見ただけでどぎまぎしてしまいそうだ。

「お姉ちゃん、髪洗っていいよ。あたし湯船に浸かってるから」

シャンプーを洗い流して白沢さんが言う。

「ま、まだお湯は溜《た》まってないよ！　それよりリンスもしないと！」

「えー。リンスはいいよ面倒臭《めんどうくさ》いし」

「だめだよちゃんとケアしないと。金髪《きんぱつ》にして髪の毛傷《いた》んでるんだから。せっかく綺麗な髪だったのに、どうして染めちゃったの？」

「べつに。ただのオシャレだよ」

「そんなオシャレしなくても、真白ちゃん可愛いのに……。告白とかされないの？」

「告白とかされたことないよ。お姉ちゃんこそ――彼氏《かれし》いるんじゃない？」

「え⁉ 彼氏⁉ いないよ彼氏なんて！ どうしてそんなこと聞くの？」

「なんとなく気になっただけだよ。いないならべつにいいの。――いないなら」

「い、いないよ。そういう真白ちゃんは？ 好きなひととかいるの？」

「好きなひとはいないよ。あ、でも……ちょっと気になってるひとはいるかも」

「そうなんだ。うちの生徒？」

「うん。虹野くんって知ってる？」

琥珀が咳《せ》きこむ。俺も咳きこみそうになる。

白沢さん、俺のこと気になってんの⁉ なんでだ？ 白沢さんの好感度を上げるようなことしたっけ？

「校内案内してた子だよね。どうして好きになったの？」

「べつに好きじゃないよ。ただ、ほかの男子と違って、虹野くんはお姉ちゃんじゃなくて、あたしのことを見てくれるから……ほかの男子は嫌いだけど、虹野くんだけは普通《ふつう》だなーって」

あ、ああ、そういうことね。よかった。これで白沢さんにまで惚れられたら、姉妹間で修羅《しゅら》場《ば》が発生するところだったぜ。

「ふぅーん。そーなんだー。あの子のこと気になってるんだー。ふーん、へぇー」

嫉妬《しっと》してやがる……！

まさかこのまま修羅場になっちまうのか？

でも抑《おさ》えてくれよ琥珀。ここで『透真くんは渡さない』的なことを言えば俺への想《おも》いがバレちまうぞ。

「その子に告白するの？」

「そんなのしないよっ。さっきも言ったけど、べつに好きってわけじゃないし。せいぜい友達になってもいいかなーくらいだよ」

「そっか。背中流してあげるねっ」

俺に告白する気がないとわかり、途端《とたん》に上機嫌《じょうきげん》になる琥珀だった。そうして白沢さんの身体を洗うと、琥珀はぱちんと手を叩《たた》き、

「さてと、上がろっか」

「え？　まだお姉ちゃん洗ってないよね」

「お姉ちゃんはまたあとでゆっくり入るよっ。それよりご飯にしよ？　お姉ちゃん、腕《うで》によりをかけて作るからっ！」

「うん。お姉ちゃんのご飯、楽しみっ！」

白沢さんが風呂場をあとにする。

琥珀はお湯を止め、小さな声で、

「……生きてる？」

「……生きてる」

「よかったぁ。この歳《とし》で未亡人なんて嫌だもん」

結婚してないけどな。

「真白ちゃんが帰るまで、おとなしくしててね」

「そうするよ」

飯を食ってる隙《すき》にこっそり逃げることはできない。太ももまでずぶ濡れだから、廊下がびしょ濡れになっちまう。念には念を入れ、浴槽からも出ないほうがいいだろう。

俺は湯船の栓を抜き、二時間近く浴槽で待機したのであった。

《第三幕　女教師とセーラー服》

金曜日の四時間目。

俺たち三年三組の面々は、家庭科室に集合していた。

今日は新学期が始まって初となる家庭科の授業で、これから調理実習が行われるのだ。

琥珀《こはく》に恋心《こいごころ》を抱《いだ》いている男連中は、朝からそわそわと落ち着かない様子だった。三時間目の授業中なんて楽しみすぎて授業に身が入っておらず、俺を除くすべての男子が先生に叱《しか》られたほどだ。

ついに琥珀の授業が始まり、男子たちは顔をでれっとさせている。

「今年から家庭科を担当する白沢《しらさわ》です。楽しくてためになる授業にできるよう頑張《がんば》ります。一年間よろしくお願いしますね」

琥珀がにこやかに挨拶《あいさつ》すると、男連中が野太い声で「よろしくお願いします！」と叫ぶ。

琥珀は「はい、お願いします」と生徒たちにほほ笑み、

「事前にプリントで通達していた通り、今日は調理実習をします。みなさん、エプロンは

持ってきましたね？　忘れてしまったひとは、予備のエプロンがありますから取りに来てください。……いないようですね。みなさん偉《えら》いですね」

琥珀に褒められた男子たちは、それはそれは嬉しそうな顔をする。

「さて。エプロンの上からでもみなさんの名前がわかるように、名札を作ってきました。これから名前を呼びますから、ひとりずつ取りに来てください」

琥珀が名前を呼びながら、ひとりひとりに名札を渡していく。

それを受け取った男子は「これ家宝にしよ」「天使からの授《さず》かり物《もの》だ」と喜び、女子も「すっごい可愛い名札だ～」「前の先生と違《ちが》って優《やさ》しい先生でよかったねっ」と好印象を抱いた様子。

「虹野《にじの》くん。虹野透真《とうま》くん」

名前を呼ばれ、先生のもとへ。

「一年間よろしくね」

にこやかに言うと、フェルトの名札を渡してきた。みんなと同じく動物を模した名札だ。

琥珀のことだからハートの名札を渡してくるかもとハラハラしていたが……俺ひとりを特別扱《あつか》いするつもりはない様子。これならみんなに俺たちの関係を怪《あや》しまれることもないだろう。

全員がエプロンに名札をつけたところで、琥珀が言う。

「今日は旬《しゅん》のお野菜を使ったパスタを作ってもらいます。春が旬のお野菜……みなさん、なにがあるかわかりますか？」

「春キャベツです！」

白沢さんが言った。琥珀にはにこやかにうなずき、

「正解です。ほかにはなにがあるかわかりますか？」

「アスパラガスと菜の花、タケノコとさやえんどうです！」

またしても白沢さんがつらつらと答える。さすが料理本を借りていただけあって知識が豊富だ。俺と同じ班だし、調理実習でも大活躍《だいかつやく》してくれそうである。

「大正解です。ちゃんとお勉強してて偉いですね」

パチパチと拍手《はくしゅ》する琥珀に、白沢さんは得意気な顔をする。

一部の男子たちが「俺もわかってたのに……」「白沢先生に褒められたかった……」と悔《くや》しげな顔をするなか、琥珀が話を進める。

「それでは時間もありませんので、調理実習を始めます。各班一セットずつ食材を取りに来てください。わからないことがあれば、遠慮《えんりょ》なく質問してくださいね」

調理実習がスタートすると、白沢さんが食材を取りにいく。ちなみに俺の班は四人構成。

俺と白沢さん、あと男子がふたりだ。

「よそ見してないで働きなさい」

紅一点の白沢さんは、鼻の舌を伸《の》ばして琥珀を見ている男連中に活を入れる。ふたりはハッとして、

「じゃ、じゃあオレ、ベーコン切る！　切り方のコツを聞いてこよっと」

「オレはパスタを担当する！　茹《ゆ》で方《かた》のコツを聞いてこよっと」

「なら俺は……」

「虹野くんは野菜を切りなさい」

「白沢さんはどうするんだ？」

「あたしは虹野くんが切った野菜を炒《いた》めるわ」

やるべきことを決め、行動を開始する。

ふたりの男子が琥珀のもとへ行くが、すでに列ができていた。考えることはみんな同じらしい。琥珀は生徒に頼《たよ》られ、嬉しげにしている。

「あんたは行かなくていいわけ？」

「俺は切り方わかるし……」

ほかの奴《やつ》らも調理法くらいわかるはず。琥珀と話す機会はなかなかないため、この機を

逃すまいとしているだけだろう。

「そ。じゃあさっさと切っちゃいなさい」

「白沢さんが切らなくていいのか？」

「どうしてよ？」

「さっき先生の質問に答えてただろ。先生にいいところ見せたいんじゃないのか？」

「そうじゃないわ。誰《だれ》も質問に答えなかったら変な空気になると思っただけよ。そしたらお姉ちゃん、自信なくしちゃうかもしれないじゃない」

たしかに初回の授業でいきなり沈黙《ちんもく》が漂《ただよ》ったら自信をなくしてしまいそうだ。

つまり白沢さんは、琥珀のために進行の手助けをしたってわけか。本当に琥珀のことが好きなんだな。

それはさておき、

「包丁余ってるし、白沢さんも切ればいいんじゃないか？」

ベーコン担当はしばらく戻《もど》ってきそうにないし。

「……あたしが切るの？」

「ああ。白沢さんはキャベツを頼むよ」

「い、いいけど……」

なぜか気乗りしない様子の白沢さん。もしかして料理が苦手なのかな？

俺はアスパラを切りつつ、白沢さんの様子をうかがう。

「あ、こら、虹野くん！　だめだよ！」

と、ふいに琥珀が声を上げた。

全員の視線が俺に集まるなか、琥珀はむっと眉《まゆ》をつり上げて言う。

「包丁を扱うときは、よそ見してはいけませんよ！　注意して扱わないと怪我《けが》してしまいますからね」

質問に来た生徒の対応に集中していると思いきや、ちゃんと料理している生徒のことも見ていたようだ。

「すみません。以後気をつけます」

まさか琥珀に叱られる日が来るとはな。びっくりしたけど、それ以上に感心してしまう。

優しいだけじゃなく、教師らしい厳しい一面も持ってるんだな。

俺は料理に集中する。アスパラを切り、菜の花をカットする。

ふと白沢さんを見ると、危なっかしい手つきでキャベツを切っていた。ハラハラしつつ見守っていると、キャベツを切り終える。

俺と目が合うと、白沢さんは気まずそうな顔をした。

「で、できたわよ」

「ありがと。あとはベーコンだな」

「……なにも言わないわけ？」

「なにが？」

「お姉ちゃんと比べて手際《てぎわ》が悪いな……とか思ってるんでしょ？」

「どういう意味？」

「わかるでしょ。お姉ちゃんは料理上手なのに、妹のあたしが手際悪いなんて変じゃない。どうせ内心バカにしてるんでしょ」

もしかすると琥珀が教育実習に来ていたとき、誰かに姉と比較《ひかく》され、傷ついたのかも。

だから料理本を借りて勉強していたのかもしれない。

「姉は姉、妹は妹だろ。わざわざ比較して『手際悪いなー』とか意地の悪いこと言わないって。そもそも白沢さんをバカにできるほど、俺って料理上手じゃないしな」

俺が励《はげ》ますと、白沢さんの頬が緩《ゆる》んだ。冗談《じょうだん》めいた口調で、

「もしお姉ちゃんと比較してたら、ぶっ飛ばすところだったわ」

と言ったところで、男子たちが戻ってきた。

「ごめん、遅《おそ》くなった！　すぐ茹でるよ！」

「白沢先生に教わった技術で綺麗にベーコン切ってみせる！」

琥珀にいいところを見せようと張りきっているのか、てきぱきと動く男子たち。それに負けじと俺と白沢さんも調理して、美味しいパスタができたのだった。


その日の放課後。

俺は保健室へ向かっていた。

五時間目の休み時間に朱里《あかり》から『放課後、保健室に来て』とメッセージが届いたのだ。

理由をたずねると『どうしても来てほしいの』とだけ返事があった。

事情はわからないが、無視はかわいそうだ。保健室に生徒がいれば琥珀みたいに教師として振《ふ》る舞うだろうし、生徒がいなくてもヤバい行動は慎《つつし》むはず。

そうであってくれと祈りつつ、保健室にたどりつく。

「失礼しまーす」

ノックしてから保健室に入ると、朱里は椅子《いす》に脚《あし》を組んで座っていた。

今日はミニのタイトスカートを穿《は》いているので、際どいところが見えそうになっている。

「来たのね。座りなさい」

クールな美貌《びぼう》を崩《くず》すことなく、着席を促《うなが》してきた。室内には朱里しかいないようだが、用心を怠ることなく敬語で接したほうがいいだろう。

　ひとまず朱里の対面に腰《こし》かけ、

「これからなにをするんですか？」

「カウンセリングよ。あなたが学校生活に不安を感じていないか、確かめるの。いくつか質問するから正直に答えなさい」

　まじめな顔でそう言うと、朱里は脚を組《く》み替《か》えた。スラッとした美脚《びきやく》とタイトスカートから覗《のぞ》く太ももに視線が吸い寄せられてしまう。

「学校生活は楽しいかしら？」

「え、ええ、まあ。楽しいです」

「そう。それはなによりね。次の質問よ。授業にはついていけそう？」

　朱里は再び脚を組み替える。どうしても気になるけど……まじめな質問の最中なんだ。視線を落とさないようにしないと。

「いまのところはついていけそうです」

「授業中に居眠《いねむ》りしたりしてない？」

「してません」

「そう。偉いわね」

再び脚を組み替えるが、俺は朱里の顔から目を逸《そ》らさない。すると朱里は、テーブルに置いてあったペンを取ろうとして、床《ゆか》に落としてしまった。

「拾ってくれないかしら？」

朱里の足もとに落ちたペンを手に取ると、そのタイミングで見せつけるように脚を組み替えてきた。思わず顔を上げてしまい……ローアングルからムチムチの太ももとパンツを見てしまう。

「どうかしたの？」

「い、いえ、どうもしていません。どうぞ」

朱里にペンを渡して椅子に座《すわ》りなおす。

「ありがとう。では次の質問よ。私の下着を見て、どきどきしたかしら？」

教師としての質問じゃない！　さっきからやけに脚を組み替えると思っていたが、俺を誘惑《ゆうわく》していたのか！

「これでどきどきしない男はいないだろ。てか、学校にいるときはエロいことするなよな。パンツを見せるなら家にいるときにしてくれ」

はっきりと告げると、朱里はしゅんとする。

「学校でパンチラしてごめんなさい……。だけど学校でパンツを見てほしかったのよ」

「なんで学校にこだわるんだ？　家のほうが安心してパンチラできるだろ」

「それは……」

朱里は言いにくそうな顔をしつつ、白状した。

「つり橋効果を狙《ねら》ったのよ」

つり橋効果とは、不安のどきどきを恋《こい》のどきどきと錯覚《さっかく》させる効果のことだ。俺《おれ》を恋に落とすため、保健室に呼び出してパンチラしたってわけか。

「いまさらそんな効果に頼らなくても、俺は朱里が大好きだぞ。ぶっちゃけパンツだってもっと見たいしな」

「ほんと？　私のパンツ、見たいの？」

「好きな女子のパンツだぞ。そりゃ見たいに決まってるだろ。だけど、学校じゃだめだ。どうせ見るなら落ち着ける場所で見たいんだよ」

「でも……透真のお家は落ち着けないわ」

「俺の家、居心地《いごこち》悪い？」

「ううん、そうじゃなくて……いつ白沢先生が来るかわからないから落ち着けないのよ」

「だったら朱里の家はどうだ？」

「私の家……散らかってるわよ」

朱里は気恥《きは》ずかしそうに言う。

付き合っていた頃《ころ》、朱里の家にお邪魔《じゃま》したことがある。当時から朱里はひとり暮らしをしていたが、部屋は散らかり放題だった。

琥珀の家には入ったことがなかったので、俺にとっては初となる女子の部屋だ。綺麗で良い匂《にお》いがするんだろうなぁという妄想《もうそう》とは大きく異なり、かなり動揺《どうよう》しちまった。その反応を見て、朱里はとても恥ずかしそうにしていた。

そんな苦い思い出があるため俺を家に招くことに抵抗《ていこう》があるのだろう。だったら部屋を片づけてくれって話だが、朱里は掃除《そうじ》が苦手だしな。下手に片づければよけいに散らかりかねないのだ。

「明日、一緒に掃除しないか?」

「手伝ってくれるの?」

「朱里さえよければだがな」

「もちろん歓迎《かんげい》するわっ」

俺と掃除という名の自宅デートができることになり、朱里は笑顔《えがお》を弾《はじ》けさせた。

そして夕方——。琥珀が家にやってきた。事前に連絡をもらっていたので戸惑《とまど》いはなく、ひとまず家に招き入れる。

「白沢さんは？　今日は来ないのか？」

「うん。今日は残業ってことにしておいたよ。いまごろ帰りの電車に乗ってるんじゃないかな」

「そか。なら安心だな。琥珀の手料理が楽しみだ」

「期待しててねっ。あ、でもその前にトイレ借りていい？」

うなずくと、琥珀はトイレへと向かう。俺はリビングを訪《おとず》れ、ニュース番組を眺《なが》める。

お天気コーナーが始まったところで、琥珀が戻ってきた。

裸エプロン姿だった。

おっぱいが大きすぎて横乳がはみ出しており、色白の太ももが際どいところまで露《あら》わになっている。

「お待たせ～」

こちらへ歩み寄る際に、ゆっさゆっさと巨乳が揺《ゆ》れ、いまにもこぼれてしまいそうだ。

さらにエプロンの裾《すそ》がひらひらと揺れ、局部が見えてしまいそう——って！

「なにその格好⁉」

「裸エプロンだよ」

「見りゃわかるよ！　なんでそんな格好してるんだよ！」

「透真くんを誘惑してるの。……だめ？」

「い、いや、一応いまはふたりきりだし、だめってわけじゃないが……そんなエロい格好されたんじゃ、落ち着いて食事できねえよ」

「わたしを食べてほしいな」

上目遣《うわめづか》いに俺を見つめ、甘《あま》くささやきかけてくる。カニバリズム的な意味で言ったわけじゃないことは、さすがにわかる。

「そういうのは復縁《ふくえん》してからだ」

きっぱり断ると、琥珀は悲しげに瞳《ひとみ》を揺らす。つらそうな顔を見せられ、心がちくりと痛んだ。

恥ずかしがり屋な琥珀が裸エプロンになるなんて、かなりの勇気が必要だったはずだ。なのに俺ときたら、素っ気ない態度を取ってしまった。

朱里だってそうだ。俺を誘惑するために、今日一日をミニのタイトスカートで過ごしたのだ。恥ずかしい思いをしたに違いない。なのに俺ときたら、冷たくあしらってしまった。

これが逆の立場なら——俺が誘惑する側だったら、ショックで心が折れていたかも。

やり方はどうあれ、ふたりは真剣《しんけん》に俺を振り向かせようとしているんだ。少しくらいは気持ちに応《こた》えてやらないと、ふたりに対して失礼だ。

それに……俺もふたりとエロいことしたいしさ。大好きな女子にえっちな誘惑をされ、我慢《がまん》の限界なのである。

だから――

「琥珀。決めたぞ俺は」

「まさか結婚を⁉」

「違くて。琥珀と朱里を彼女《かのじょ》として扱うことに決めたんだ。もちろん、琥珀さえよければだが……」

……自分で言っててなんだけど、これって二股《ふたまた》宣言だよな。

ちゃんと考えがあっての発言だが、浮気野郎《うわきやろう》と罵《ののし》られても文句は言えないぞ……。

だというのに、

「ほんとにっ⁉　わたしのこと彼女として扱ってくれるの⁉」

琥珀は満面の笑《え》みだった。

「二股に近いことをするんだが……ほんとにいいのか？」

「うん、いいよ。彼女として振る舞《ま》っていいなら、わたしと付き合ったほうが楽しいって証明できるもん。いまは二股でも、すぐにわたしだけの透真くんにしてみせるよ」

俺の意図がちゃんと伝わっていたようだ。

琥珀の言う通り、どっちと付き合ったほうが楽しいかは、恋人《こいびと》を決める上で最も大切なことである。

琥珀と朱里はふたりともかなり魅力的《みりょくてき》な女性。優柔不断《ゆうじゅうふだん》で申し訳ないが、このままではふたりのことを同じくらい好きなまま卒業式を迎《むか》えてしまう。

だからこその二股作戦だ。

男女が付き合う理由は『好き』で『一緒にいると楽しい』から。

ふたりと同時に付き合うことで、どっちと付き合ったほうが楽しいかがはっきりすると考えたのである。

「透真くん……キスしてくれる？」

琥珀が熱っぽい瞳で俺を見つめ、おねだりしてきた。

おねだりされずとも、これからキスするつもりだった。大好きな元カノと再会し、その娘《こ》と相思相愛だとわかっているのにキスできないのはもどかしい。ここ最近はずっとキスしたいと思っていた。

恋人として接すると決めた以上、口づけにためらいはない。

琥珀の腰に手を添《そ》えて、ふっくらとした薄紅《うすべに》色の唇《くちびる》にキスをする。愛を確かめるように激しく舌を絡《から》ませ、息継《いきつ》ぎのために唇を離《はな》すと、再び唇を重ねる。

「ん、ちゅぷ……ちゅっ、んふっ……」

ただでさえ脳が痺《しび》れるようなキスにどきどきするのに、ぐにゅぐにゅと柔《やわ》らかなものを押《お》しつけられ、一層興奮してしまう。

誘惑に抗《あらが》うことなく、むちっとしたお尻に手を伸ばす。すべすべとしたお尻を撫《な》でたり揉《も》んだりしながら濃厚《のうこう》なキスを続け……そっと唇を遠ざけると、琥珀の瞳がとろんとしていた。

頬は赤く染まり、うっとりとした表情で、

「透真くん、キス上手だね……」

「ありがとよ。琥珀と別れたあともいっぱいキス――なんでもない」

「続けて」

にこりと笑って琥珀が言う。俺は首を振り、

「だ、だから、なんでもないってば」

「続けて」

ニコニコしてるけど、目が笑ってない……。

「……琥珀と別れたあと、朱里といっぱいキスをして、上達したんだ」

「何回？」

「え？」

「赤峰《あかみね》先生と何回キスしたの？　一〇〇？　二〇〇？」

「わ、わかんねえよ。数えきれないほどキスしたんだ。わたしよりいっぱいした？」

「ふーん。数えてないし……」

「さ、さあ？　同じくらいだと思う、けど……」

琥珀、笑ってくれ……。頼《たの》むから、いつもみたいに穏《おだ》やかなほほ笑みを浮《う》かべてくれよ……。

元カノの新たな一面を知ってしまい、びくびくする俺だった。怒《おこ》った顔もなんだかんだ可愛《かわい》いけどね。

「じゃあ、もう一回キスして」

「わ、わかった！」

すぐさま琥珀の唇をふさぐ。

「……これでいいか？」

おずおずとたずねると、琥珀は満足げに笑ってくれた。

よかった……。機嫌《きげん》をなおしてくれたみたいだ。

「これでわたしのほうがいっぱいキスしたことになるよね？」

「ああ、なるなる！」

なるかどうかはわからないが、この場はこう言うしかない。

俺が肯定《こうてい》すると、琥珀は「透真くん、もっとキスしよ」とおねだりしてきた。

そのときだ。

ふいに着信音が響《ひび》いた。スマホを手に取り、ぎょっとする。

「琥珀、大変だ！　白沢さんから電話がかかってきた！」

「え？　真白《ましろ》ちゃんから!?　どうして透真くんに電話を……」

琥珀の顔が青ざめていく。

「ま、まさかわたしが透真くんの部屋に入るところをこっそり見てたんじゃ……」

「だいじょうぶ。もしこっそり見てたなら、その場で声をかけるはずだからな。とにかく出てみるから静かにしててくれ」

こくこくうなずく琥珀。

俺は不安で胸がいっぱいになりつつ、いつもの調子で応答する。

「もしもし？　どうした？」

『急に電話して悪かったわね。いま忙《いそが》しかった？』

「暇《ひま》してたぜ。なんかあったのか？」

『実は……お姉ちゃんが行方《ゆくえ》不明なの』

白沢さんは不安そうな口調で言う。

琥珀なら俺のとなりで裸《はだか》エプロン姿になっているが、そんなこと言えるわけがない。

「行方不明って、どういう意味だ？」

『家にいないのよ……』

「学校にいるんじゃないか？」

『あたしもそう思ってたわ。今日は残業って言ってたし。だけど念のため確認《かくにん》してみたの。そしたらマンションの駐車場《ちゆうしやじよう》に車があったのよ……。なのにインターホンを押しても出てくれなくて……』

「散歩に出かけてるんじゃないか？　試《ため》しに電話してみろよ」

琥珀に散歩している演技をさせれば、白沢さんも納得《なつとく》してくれるはずだ。

『電話なんてできないわ』

「どうして？」

『だって……怖《こわ》いじゃない。お姉ちゃん、男と一緒《いつしよ》にいるかもだし……。デートの邪魔をしちゃったら、嫌《きら》われるかもしれないわ』

白沢さんは琥珀に鬱陶《うっとう》しがられるんじゃないかと心配しているようだ。たしかに琥珀は校長に束縛《そくばく》されて迷惑《めいわく》に感じている。だけど相手が妹となると話はべつだろう。琥珀は妹である白沢さんのことが大好きなのだから。

嫌うどころか、心配してくれたことに感謝するはずだ。

「心配しすぎだよ。白沢さんみたいな良い娘を嫌いになるわけないだろ。俺が姉だったら、毎日だって電話してほしいくらいだ」

『あたしを慰《なぐさ》めてくれてるんだ。虹野くん、優しいのね』

にこやかな顔が目に浮かぶ、柔らかな声だった。

「どういたしまして。で、電話はどうするんだ？」

『今日のところはやめとくわ。きっと虹野くんの言う通り、散歩してるだけよね』

「けど、心配なんだろ？」

『そうだけど……お姉ちゃんを束縛したくないのよ。ちょっと寂《さび》しいけど、あたしもそろそろ姉離《ばな》れしないといけない時期かもしれないわね……』

寂しげにつぶやき、とにかく、と明るい調子で言う。

『虹野くんに電話してよかったわ。また来週、学校で会いましょう』

「おう。またな」

通話を終えると、琥珀に白沢さんとのやり取りを伝える。

「真白ちゃん、わたしに嫌われるかもとか思ってるんだね。そんなことあるわけないのに……」

「寂しがってるみたいだし、誤解を解くためにも、明日は白沢さんと遊んだらどうだ？　琥珀のほうから遊びに誘《さそ》ったら、白沢さんも安心してくれるよ」

「そうだね。あとで真白ちゃんを遊びに誘ってみるよ」

「そうしてやったら喜ぶだろうぜ」

うん、とうなずき、琥珀は料理に取りかかるのだった。

◆

翌日。

土曜日の正午過ぎ、俺は朱里の家へ向かう。五〇一号室のインターホンを押すと少しの間があり……ゆっくりとためらうようにドアが開かれた。そして朱里が姿を見せ——

「……え？」

一瞬《いっしゅん》、部屋を間違《まちが》えたのかと思った。

俺を出迎《でむか》えたのは間違いなく朱里だが——朱里らしからぬ装いだったのだ。

「……変かしら？」

呆然《ぼうぜん》としていると、朱里が自信なさげに目を伏《ふ》せ、気恥ずかしそうに問うてきた。

朱里は、セーラー服姿だった。

コスプレ衣装のような安っぽい生地《きじ》じゃない。これは正真正銘《しょうしんしょうめい》、朱里がＪＫだった頃の制服だろう。

「や、やっぱり変よね。いま見たことは忘れてちょうだい。着替《きが》えてくるわ」

「べ、べつに変じゃないから。超《ちょう》似合ってるから」

「ほんと？」

「ほんとほんと」

「……女子高生に見える？」

「見える見える。マジで超可愛《かわい》いよ」

「そ、そう？　ありがと……」

嬉《うれ》しげに微笑《びしょう》していた朱里はハッとして、

「とりあえず入ってちょうだい。こんなところを白沢先生に見られたら、せっかくの自宅デートを邪魔されそうだもの」

「そうさせてもらうよ。お邪魔しま……」

家に一歩踏《ふ》みこんだ瞬間《しゅんかん》、俺は言葉を失ってしまう。

朱里のセーラー服姿に見とれて気づかなかったが――玄関《げんかん》の先には地獄《じごく》絵図が広がっていた。

廊下《ろうか》には通販《つうはん》の空き箱が雑に積み重ねられ、リビングには空《あ》き缶《かん》にペットボトルにゴミ入りのコンビニ袋《ぶくろ》が散乱している。窓は全開になっているので悪臭《あくしゅう》はないが……めっちゃ汚《きたな》い。

「こりゃひでえ」

制服姿の朱里を見たときに感じたときめきが、一瞬で吹《ふ》き飛んだ。けど――

「ドン引きしたわよね……」

朱里の不安げな顔を見て、にこりとほほ笑みかけてやる。俺としたことが愛する朱里を悲しませちまうところだったぜ。

「引いてないよ。朱里が掃除苦手なことは知ってたし。むしろ部屋が散らかってることで朱里の可愛さが際立《きわだ》つぜ」

「透真……。ありがと。嬉しいわ。透真は褒《ほ》め上手ね」

「本当のことを言ったまでさ。ともあれ掃除を始めるからゴミ袋をくれ」

朱里からゴミ袋と軍手を受け取り、さっそく掃除に取りかかる。

「あ、掃除は待ってちょうだい。やる気が出る音楽を流すから」

「おう。気が利《き》くな」

「音楽があったほうがその気になるものね」

掃除はかなりの重労働だ。音楽を聴《き》けば気が紛《まぎ》れ、疲《つか》れを感じにくくなる。

ミュージックビデオを流すのだろうか。朱里はモニターの電源を入れ、リモコンを操作する。と、モニターに保健室の映像が表示された。白衣を纏《まと》った女性が学ランを着た老《ふ》け顔《がお》の男に聴診器《ちょうしんき》を当てていたがパンチラした瞬間にベッドに押し倒《たお》されてしまいあられもない姿に――って、ちょっと待てや！

「これAVじゃん！　音楽じゃないじゃん！」

「『えっちな音声を楽しむ』と書いて音楽と読むのよ」

「なぜ掃除中にえっちな音声を楽しむ必要が⁉」

「透真をえっちな気分にさせて、襲《おそ》ってもらおうと考えたの」

「俺は掃除をしに来たんだよ！」

「部屋をすっきりさせるついでに、透真にもすっきりしてほしいのよ。だけど……冷静に考えてみたら、えっちな映像は流すべきじゃなかったわね」

そう言って、朱里はモニターの電源を落とした。

「わかってくれたならいいんだ」

「透真がほかの女に欲情するなんて耐《た》えられないもの」

反省の仕方がおかしい気がするけど……まあ見ないことに決めたならいっか。

「じゃ、今度こそ掃除するか」

「その前に、透真に元気が出るおまじないをかけてあげるわ」

「おまじないって？」

「私の力を透真に移すの。口移しで」

「キスしたいのか？　じゃあするか」

朱里が戸惑うように目を丸くする。

「え？　い、いいの？　私とキスしてくれるの？　もしかしてセーラー服効果かしら？　やっぱり透真、若い女の子と付き合いたいの？」

「そうじゃないよ。実は朱里と琥珀のことを彼女として扱うって決めたんだ。もちろん、朱里さえよければだけど……」

つまるところ二股だ。もちろん考えがあってのことだが、朱里としては受け入れがたいことだろう。琥珀は理解を示してくれたけど、浮気野郎と罵られても文句は言えない。

しかし。

「嬉しい……。私を彼女として扱《あつか》ってくれるのね……」

朱里は幸せそうに瞳を潤《うる》ませた。

「ほぼ二股なんだが……ほんとにいいのか？」

「いいに決まっているわ。私と透真は恋人時代、楽しい想《おも》い出《で》をたくさん作ってきたもの。私と付き合ったほうが楽しいことは明らかよ。いまは白沢先生と共有だけど、近いうちに私だけの透真にしてみせるわ」

琥珀同様、俺の意図をきちんと理解してくれたようだ。

これで気兼《きが》ねなくふたりとイチャつけるぜ。もちろん、ただイチャイチャするだけじゃなく、きちんと『どっちと付き合ったほうが楽しいか』を考えないといけないんだが。

「……ほんとにキスしてくれるの？」

期待の眼差《まなざ》しに、俺は朱里を抱《だ》き寄せる。そして艶々《つやつや》とした唇に、自分のそれを重ねた。

ちゅっ、ちゅっと何度もついばむようにキスをして、薄《うす》く開いた唇に舌を割りこませる。

ゆっくりと朱里の舌と絡め、お互《たが》い夢中になって濃厚なキスをする。朱里の生温かい舌の感触《かんしょく》と息遣《いきづか》いに興奮が高まり、付き合ってた頃みたいにキスをしながらお尻《しり》を撫でようとしたところ——朱里がへなへなと腰を抜《ぬ》かしてしまった。

「ど、どうした朱里？」

「気持ちよくて腰が砕《くだ》けちゃったわ……」

「そ、そんなに良かったのか？」

「ええ。一年ぶりのキスなのに、透真ってばキスが上手すぎるんだもの」

「そりゃ昨日琥珀とたっぷりキス──なんでもない」

同じ過《あやま》ちを繰《く》り返してしまうとは！　俺は自分を殴《なぐ》りたい衝動《しょうどう》に駆《か》られるが、時《とき》すでに遅し。

「続けていいわよ」

「なんでもないってば」

「続けていいわよ」

真顔でロボットみたいに繰り返す朱里。感情がごっそりと抜け落ちた顔なのに、怒っているのが手に取るようにわかった。

「……昨日、琥珀ともキスしたんだよ」

「そう。白沢先生と先にキスしたのね。でも私とのキスのほうが興奮したわよね？」

「ま、まあな。セーラー服姿の女子とキスしたのははじめてだったから超興奮《ちょうこうふん》したぜ！」

朱里は満足そうに「ならいいの」と言ってくれた。……裸エプロン姿の琥珀とのキスも超興奮したけど、それは言わないでおこう。

「んじゃ掃除を始めるとすっか。捨てちゃいけないものとかあるか？」

「透真さえいれば、ほかにはなにもいらないわ」

「ゴミっぽいものは全部捨てていいってことね」

まずは明らかなゴミから処理していく。ゴミ袋に空き缶を放《ほう》りこんでいき、あっという間にゴミ袋がいっぱいになる。

「朱里、ビール飲みすぎだろ。これだけ飲んでよく太らないな」

「私は太らない体質なのよ」

「だとしても飲みすぎには注意しろよな」

「透真と再会してからは飲んでないわ。お酒を飲んだらお腹《なか》の子に悪影響《あくえいきょう》を与《あた》えるもの」

「妊娠《にんしん》してないだろ……」

心がけは立派だけども。

空き缶を片づけると、べつのゴミ袋にペットボトルを、さらにべつの袋に燃えるゴミを入れていく。その間に朱里は雑誌を縛《しば》り、ダンボール箱をたたむ。

最後に掃除機《そうじき》をかけ、リビングの掃除は完了《かんりょう》。部屋は見違《みちが》えるほど清潔になった。

「かなり綺麗《きれい》になったな」

「私とこの部屋、どっちが綺麗？」

「朱里に決まってんだろ」

「嬉しいわ。愛してる証拠《しょうこ》にキスしてほしいのだけれど……んっ、んむっ」

ディープな口づけをして、とろけきった顔の朱里とともに寝室《しんしつ》へ移動する。

寝室はごちゃっとしていた。寝《ね》る部屋だからかゴミは少ないが、衣類が散らばっている。

だが床の惨状《さんじょう》とは違《ちが》い、机の上は片付いていた。ゴミの類《たぐい》はなく、可愛いぬいぐるみが整然と並べられている。

そのすべてに、俺は見覚えがあった。デート中に俺がプレゼントしたクレーンゲームの景品たちだ。

「大事に取っててくれたんだな」

「宝物だもの。日替《ひが》わりで抱いて寝てるのよ。名前もつけてるわ」

「へえ、どんな名前？」

「右から順に透真、透真、透真、透真――」

「全部俺じゃねえか！」

「そして透子《とうこ》」

「なぜ女子の名を⁉」

「透真が不慮《ふりょ》の事故で去勢することになったケースを想定して、それでも愛せるかどうか確かめるために女の名前をつけたのよ。結果、愛せたわ。私、ちんちんがついてる透真もちんちんがついてない透真もどっちも好きよ」

「ありがとよ」

リアクションに困るが、愛ゆえの発言なので礼を言っておく。

「まあとにかく、これからもこいつらのこと大切にしてくれると嬉しいぜ。でさ、ここに散らばってる服、全部洗濯機《せんたくき》に突《つ》っこんでいいやつ？　それとも手洗いが必要なやつ？」

「たぶん洗濯機に直行コースでいいと思うわ。だけど、洗う必要はないわよ。汚《よご》れてないもの」

「……たしかに臭《にお》わないな」

「嗅《か》がないでほしいわ。恥ずかしいじゃない」

パンチラはオッケーなのに、嗅がれるのは恥ずかしいのかよ……。

「てか、なんで着てもない服を散らかしてるんだ？」

「着たわよ。ただ、可愛くなかったからすぐに脱《ぬ》いだの。いつもは服装なんて気にしないけど、透真と再会できたんだもの。なるべく可愛い格好を見てほしかったのよ」

「気持ちは嬉しいけど、気を遣《つか》わなくていいんだぞ。朱里はどんな服を着てても可愛いんだから」

「嬉しいわ。透真、キスを……んふっ、ちゅ……」

再びディープキスを愉《たの》しみ、クローゼットに服を入れていく。一時間くらい同じ作業を繰り返していると、寝室が片付いてきた。

しかしこれで終わりじゃない。

うちと間取りが一緒なら、あと洋室が一部屋ある。この散らかりようなら、残る部屋も散らかってそうだけど……

「もう一部屋って、なにに使ってる？」

「物置よ」

うわぁ。もうぜったい散らかってるじゃん。こりゃ一日がかりになりそうだな。

「今日は日中暇なのか？」

「ええ。明日は学校行事があるけれど、今日は一日中暇よ」

「なら夕方までいさせてもらうよ。掃除が終わりそうにないからな」

「助かるわ。……だけど、掃除してもらっておいてなんだけど、せっかくの休日を掃除で潰《つぶ》したくないわ」

「やりたいことがあるのか？」

朱里はうなずき、遠慮《えんりょ》がちに言う。

「……透真とデートしたいの」

「デートか……」

彼女扱《かのじょあつか》いすると決めたけど、外出デートはリスクがある。知り合いに見られたらまずいことになっちまう。それがわかっているため、朱里も遠慮がちに言ったのだろう。

「ちなみに、どんなデートを想定してるんだ？」

「ドライブがいいわ」

「ドライブか。それなら誰《だれ》かに見つかることもなさそうだな」

俺が乗り気になると、朱里は嬉しげな顔をして、ブラウスとタイトスカートに着替えた。

そうして準備が整うと、俺たちは五〇一号室をあとにする。

エレベーターで地下駐車場に下り、朱里の車へと向かい――

「え？　……虹野くん？　なんで赤峰先生と一緒にいるわけ？」

白沢さんと鉢合《はちあ》わせた。

これから遊びに出かけるところだったのか、琥珀も一緒だ。

やべえ！　朱里と一緒にいるところを白沢さんに見られた！　早く言い訳しないと！

「実は赤峰先生は同じマンションに住んでるんだよ！　ですよね先生？」

「ええ。同じマンションに住んでる以上、生徒と出くわすのはおかしなことではないわ」

「それはわかりますけど、どうしてふたり揃《そろ》って駐車場にいるんですか？　もしかして、ふたりで出かけるところだったんじゃ……」

ぎくっ。

「それはあれだよ！　ほらあれ！　ええと……そうっ！　赤峰先生が養護教諭《きょうゆ》として俺のストレス発散に付き合ってくれることになったんだ！　ですよね先生？」

「ええ。彼《かれ》はひとり暮らしにストレスを抱《かか》えているようなの。そこで養護教諭として彼のストレス発散に付き合うことにしたのよ」

「さっきばったり出くわしたって言いませんでしたか？」

「私はプロだもの。顔を見た瞬間に、ストレスに気づいたのよ。養護教諭として見て見ぬ振《ふ》りはできないわ」

内心めちゃくちゃ動揺しているだろうに、朱里はクールさを保っている。

凜《りん》とした朱里の発言には説得力があり、白沢さんは信じたようだ。

「そういうことだったんですね」

「ストレス発散にはカラオケがオススメですよ。よければご一緒しませんか？」

そう言ったのは、琥珀だった。

「なぜですか？」

朱里は言外に『デートの邪魔をしないで』とのメッセージをこめている様子だ。それを理解した上で、琥珀は俺と朱里をふたりきりにさせまいとしているようだ。

琥珀はにこやかに言葉を続ける。

「虹野くんも教師とふたりきりより、クラスメイトと一緒のほうが落ち着いて過ごせると思いますし。真白ちゃんは……虹野くんが一緒じゃ嫌《いや》かな？」

「ううん。一緒でいいわ」

白沢姉妹は、俺たちとのカラオケに乗り気の様子。ここで誘いを断ったら、まるで俺とふたりきりでカラオケに行きたいように思われてしまう。

白沢さんに真実を悟《さと》られないようにするため、朱里は苦々しい顔で、

「でしたら、ご一緒させてもらいます」

と言った。

そうして話が決まり、俺たちは琥珀の車でカラオケ店へと向かうのだった。

◆

車に乗ること一時間、俺たちは駅近くの商店街にやってきた。

土曜日ということもあり商店街は活気づいている。大きな駅の近くという恵《めぐ》まれた立地のおかげか人通りが多く、シャッター街とはほど遠い賑《にぎ》わいを見せていた。

ここには琥珀とデートで来たことがある。俺にデートの楽しい記憶《きおく》を思い出してもらうため、わざわざ遠い商店街へ連れてきたのだろう。……実は朱里ともデートで来たことがあるんだけどさ。

琥珀と最後にデートしたのも、朱里と最後にデートしたのも、この商店街。つまりこの地を訪れたあとに振られたのだ。俺にとっては因縁《いんねん》深い場所である。またなにかよからぬことが起きるんじゃないかと不安になってしまう。

「そわそわして、どうかしたわけ？」

と、白沢さんがたずねてきた。

「いや、どうもしてないぞ。ちょっとひとが多いなーと思っただけで」

「あなたの言う通り人通りが多いわ。これでは逆にストレスが溜《た》まりかねない。私たちは車内で待機するとしましょうか」

この期《ご》に及《およ》んで俺とふたりきりになろうとする朱里。琥珀はにこやかな笑みを崩《くず》すことなく応戦する。

「なにを言うんですか赤峰先生。せっかく来たんですからカラオケに行きましょうよ」

「しかし、私には養護教諭としての責任があります。彼をいたずらに疲弊《ひへい》させるわけにはいきません」

「教師と車内でふたりきりになるほうがストレスではないでしょうか？」

「でしたら、ふたりがカラオケ店に行っているあいだ、私たちは近場の……あのカフェで休憩《きゅうけい》を取ることにします」

朱里がカフェを指さした。そっちを見て、琥珀は嫌そうな顔をする。

琥珀の気持ちはわかる。なぜなら朱里が指定したカフェは、琥珀とのデートで利用した場所なのだ。俺《おれ》との思い出の場所に恋敵《こいがたき》を踏みこませたくないのだろう。

「あのカフェはやめたほうがいいです」

「なぜですか？」

「なんとなくです。人通りが気になるなら、ひとまずあそこで遊ぶのはどうでしょう？」

琥珀がゲーセンを指さした。そっちを見て、朱里は嫌そうな顔をする。

あのゲーセンは俺とのデートで遊んだ店だからな。俺との思い出が詰《つ》まったゲーセンに恋敵を連れていきたくないのだろう。

「あの店はやめたほうがいいです」

「なぜでしょう？」

「なんとなくです」

　このまま張り合えば白沢さんに俺たちの関係を怪《あや》しまれかねない。

「俺はカラオケに行きたいです。白沢さんは？」

「あたしもカラオケがいいわ」

　俺と白沢さんの言葉に、ふたりは一時休戦する。

　人通りの多いアーケードを歩いていき、カラオケ店にたどりつく。白沢さんが代表して手続きを進め、マイクなどを受け取ると、ドリンクバーでジュースを注ぎ、個室に入る。

　休日で客が多く、ほかに空き部屋がなかったのか、四人で利用するには狭《せま》い部屋だった。テーブルと横長ソファがひとつあるだけだ。

　朱里が真っ先に奥《おく》に陣取《じんど》り、無言の圧力で俺はそのとなりに腰《こし》かける。俺の横に琥珀が座《すわ》り、

「ちょっと暑いから空調つけるわね」

　白沢さんが壁《かべ》に設けられたスイッチを操作し始めた瞬間——琥珀と朱里が俺の太ももに触《ふ》れてきた。愛《いと》おしげに太ももを撫で、ゆっくりと這《は》うように手を局部へ滑《すべ》らせていき、ふたりの手がぶつかる。

バチバチと火花を散らすふたり。どっちが俺の股間《こかん》を撫でるかで張り合っている様子だ。

ふたりともやめて！　こんなところでエロいことしないで！

そう声を上げたいが、白沢さんの手前、それはできない。バレないことを祈《いの》るしかない。

「これでよし」

と、白沢さんがスイッチの操作を終えた途端《とたん》、ふたりは手を引っこめた。

「誰から歌う？」

ソファに腰かけ、白沢さんが言う。

「真白ちゃんからいいよ」

「なら、あたしから歌うわね」

カラオケが好きなのか、白沢さんは嬉しげにタッチパネルを操作すると、流行ソングを歌いだした。

さわさわ。ぐにぐに。

すりすり。むにむに。

琥珀と朱里が俺の太ももにべたべた触《さわ》り、俺の腕《うで》におっぱいを押しつけてくる。

ここで張り合うのはまずいって！　白沢さんに見られちゃうって！

そうアイコンタクトを送ったが、室内は薄暗《うすぐら》いので伝わらず、俺への誘惑《ゆうわく》をやめようとしない——が、白沢さんが歌い終えると、ふたりはサッと手を引っこめた。

「次は虹野くんが歌ったら？　ストレス発散になるわよ」

「そうだな。せっかくだし歌ってみるか」

てきとーに知ってる曲を入れ、俺はマイクを手に立ち上がる。これならお触りできないだろう。そう思っていたのだが——

曲が流れ、歌い始めると、ふたりが俺のお尻を撫でてきた。

大胆《だいたん》な犯行だ。こんなところを白沢さんに見られたら言い訳できない。俺は白沢さんの注意を逸《そ》らすべく大声で熱唱を続ける。

そして歌い終えると、すぐさま腰を下ろした。

「すっごい声出てたわね」

「ストレス発散のために来たからな。叫《さけ》んだらすっきりしたぜ！　で、次はどうする？

もう一回白沢さんが歌う？」

「あたしはあとでいいわ。ジュースをおかわりしてくるから適当に歌っててちょうだい」

そう言うと、白沢さんは空きグラスを手に部屋を出る。ドアが閉まったのを見計らい、
俺はふたりに言い聞かせる。

「ふたりとも張り合いたくなる気持ちはわかるけどさ、ここでイチャつくのはまずいって。

家に帰ったら好きなだけキスしてやるから、今日のところはおとなしくしとこうぜ」

琥珀と朱里は、しゅんとした。

「迷惑かけてごめんね……」

「うかうかしてると白沢先生に透真を盗《と》られてしまいそうで、つい魔《ま》が差してしまったの……」

ぴくっと琥珀の頬が震《ふる》える。

「盗るもなにも、透真くんはわたしの彼氏《かれし》ですが」

「いいえ、透真は私の恋人《こいびと》です」

「いいえ、わたしのです。証拠にわたし、昨日はいっぱい透真くんとキスしましたから」

「キスが恋人の証なら、やはり透真は私の恋人ということになります。なぜなら透真とは一時間ちょっと前にキスをしたばかりですから」

「でしたら、わたしのキスで上書きします。透真くん、キスして」

「だめよ透真。キスをするなら私にして」

「わたしにキスしてくれるよね？　透真くん、わたしとのキスが好きだもんね。そうだっ。付き合ってた頃《ころ》みたいに、おっぱいにキスしてほしいな」

「透真は私のおっぱいにキスするほうが好きよね？」

「わたしです」

「いいえ、私です」

ふたりはテーブルとソファのあいだに立ち、競《きそ》うようにブラウスのボタンをぷちぷちと外していき、俺に胸の谷間を見せてくる。巨乳がブラジャーにみっちり詰まり、いまにもこぼれてしまいそうだ。

食い入るようにおっぱいを見ていると……ふたりはブラジャーをずり上げた。ぶるんとおっぱいが揺《ゆ》れ弾《はず》み、俺の目の前に現れた。

「透真くん、おっぱいにチューして」

「透真、昔みたいにおっぱい舐《な》めて」

俺の顔に生乳を押《お》しつけ、色っぽくおねだりしてくる。

やばいやばいやばい！　こんなところ白沢さんに見られたら誤魔化《ごまか》しようがないよ！

かといって言葉だけで張り合うふたりがおとなしく胸を引っこめてくれるとは思えない。

こうなりゃやるしかねえか！

「おっぱいにキスするけど、声を出したら終わりだからな」

覚悟《かくご》を決め、ルールを告げると、ふたりは嬉しげにうなずいた。

「まずは琥珀からいくぞ」

「うん。いっぱいキスして……」

ぷるぷると揺れる乳房《ちぶさ》に唇《くちびる》を近づけ、胸の先端《せんたん》にキスをする。唇で挟《はさ》むように吸いつき、舌先で転がすように刺激《しげき》を与えると、琥珀の息遣いが荒《あら》くなっていき、

「ぁあっ……」

と、かすかな喘《あえ》ぎ声が漏《も》れる。

「いま声を出しましたね？」

「い、いいえ、声なんて出てませ……んんっ」

今度ははっきりと喘ぎ声が聞こえたので、琥珀のおっぱいから顔を離《はな》す。すると今度は朱里が胸を近づけてきて、

「透真、私のおっぱいも舐めて……」

甘《あま》えるようにおねだりしてきた。ひさしぶりの乳舐めに興奮しているのか、暗がりでもわかるくらい朱里の顔は火照《ほて》っていた。

白沢さんが来る前に早く終わらせないと。俺は巨乳の頂点で揺れる桜色の突起《とっき》にキスをする。

今日は一緒に掃除《そうじ》をして汗《あせ》をかいたからか、口に甘酸《あまず》っぱさが広がる。

「あんッ」

ぷくっと膨《ふく》らんだ突起を舌で舐めた途端、朱里が喘いだ。

「はい出ました。いま声出ましたよ。赤峰先生、声出すの早いですね。もしかして、透真くんに舐められるのはじめてだったんじゃないですか？」

勝ち誇《ほこ》るような顔の琥珀に、朱里は「逆です」と言う。

「おっぱいを舐められすぎて、ちょっとの刺激で感じてしまうようになったんです」

「そうなの？　透真くん、そんなに赤峰先生のおっぱい舐めたの？」

舐めたけども！　その話をここでするわけにはいかない！　言えば修羅場《しゅらば》になっちまうから！

「その話はあとだあと！　とにかく白沢さんが戻《もど》ってくる前に服を――」

がちゃ、とドアノブが動いた。

「……なにしてるの？」

部屋に戻ってきた白沢さんは、きょとんとする。

琥珀と朱里は、テーブルの下に逃《に》げたのだ。

「これは、その……そうっ。赤峰先生が床《ゆか》になにかを落として、白沢先生が一緒に捜《さが》してあげてるんだ！」

「そう」

どうやら納得《なっとく》してくれたようだ。白沢さんはテーブルにグラスを置き、

「あたし、ちょっと席外すわね。それとも捜すの手伝ったほうがいい？」

「ううん。席外していいよ！」

琥珀がテーブルの下から声を上げる。

「俺もついていくよ」

「え？　どうして虹野くんが？」

「どうしてって、そりゃ……」

ここに残ったら再びエロい誘いをされてしまうかもしれないからだ。そこへ白沢さんが鉢合わせれば今度こそバレかねない。それにふたりがボタンを閉める時間を稼《かせ》ぐためにも白沢さんを足止めしたほうがいい。だからついていきたいんだ。

しかし真実を語るわけにはいかず、

「白沢さんのことが心配なんだよ。だってほら、ひとりで出歩けばナンパされるかもしれないだろ？」

「ナンパとかされないわよ」

「されるって。白沢さん、可愛《かわい》いんだから。もっと警戒心《けいかいしん》を持つべきだって」

「そ、そう。そこまで言うなら、ついてきていいわよ」

同伴《どうはん》を許してくれた白沢さんとともに俺は部屋を出る。

「で、どこに行くんだ？」

「トイレよ」

「そ、そか。トイレね」

……俺、トイレに行こうとしてた女子に熱弁を振るってまで同伴を求めたのかよ。これじゃ変態だと思われても仕方ないな。

「一応言っておくが、トイレのなかまでついていくわけじゃないからな？」

「言われなくてもわかってるわよ」

念のため弁明すると、あきれた様子で言われた。だけど怒《おこ》っているわけではないようで、うっすらと笑《え》みを浮《う》かべていた。

俺は女子トイレの前まで白沢さんを送り、それから一緒《いっしょ》に部屋へ戻る。さっきと違って俺がドア側に座ったからか、ふたりも誘惑してこなくなり、俺は落ち着いて過ごすことができたのだった。

◆

商店街で夕食を済ませた俺たちは琥珀の運転で帰路につく。マンションの地下駐車場《ちゅうしゃじょう》に帰りついた頃には二〇時を過ぎていた。

今日は掃除やらカラオケやらでへとへとだ。明日はのんびり過ごすとしよう。

「虹野くん、いま時間ある？　ちょっと話したいことがあるの」

車を降り、エレベーターへ向かっていると、白沢さんが話しかけてきた。

「いいよ」

「ありがと。お姉ちゃんは部屋に戻っててていいよ」

「わかった。遅《おそ》くならないようにね」

俺たちに見送られ、琥珀と朱里はエレベーターに乗りこみ、五階へ上がっていく。……扉《とびら》が閉まる瞬間に睨《にら》みあってたし、いまごろ俺を巡《めぐ》って言い争ってるだろうなぁ。この先ふたりが仲良くなる日は来るのだろうか。顔を合わせるたびに口論されると気が滅入《めい》るし、関係が改善されると嬉しいのだが……。

「で、話って？」

エントランスのベンチに腰かけてたずねると、白沢さんは自信なさげに言う。

「嫌なら遠慮なく断ってちょうだい。明日、遊園地についてきてくれないかしら？」

「遊園地に？　なんで？」

「お姉ちゃんが遊園地に行くからよ。コスモランドって知ってる？」

「ああ。知ってるぞ」

コスモランドは、宇宙をテーマにした遊園地だ。琥珀とも朱里ともそこでデートをしたことがある。俺にとっては思い出深い場所だ。

「明日、一年生が親睦《しんぼく》遠足でコスモランドに行くのよ。そのとき新任の先生もついていくことになってるの」

朱里が言ってた『明日の学校行事』って歓迎《かんげい》遠足だったのか。

「で、もしかするとコスモランドで彼氏とこっそりデートするかもだから、お姉ちゃんを監視《かんし》したいのよ」

「白沢先生に彼氏がいたとしても、仕事中にデートはしないと思うけど……。なんで俺を誘《さそ》うんだ？」

白沢さんは気恥《きは》ずかしそうにもじもじしながら、

「あたしひとりだと、ナンパされちゃうかもしれないから……虹野くんが来てくれたら、安心して監視に専念できると思ったのよ。もちろん嫌ならいいけど……」

「嫌じゃないよ」

「ほんと？　ついてきてくれるの？」

「ああ。ついていくよ」

白沢さんがナンパを警戒《けいかい》するようになったのは、俺がカラオケ店で怖《こわ》がらせてしまったせいだからな。

それにコスモランドって、わりと有名なナンパスポットだし。女子グループを目当てに訪《おとず》れるナンパ野郎《やろう》は多い。ひとりでうろつく女子高生を見かけたら、まず間違《まち》いなく声をかけるだろう。

「ありがと。詳《くわ》しい連絡《れんらく》はあとでするわね」

「わかった。連絡待ってるよ」

俺もあとで琥珀に警告メッセージを送らないとな。白沢さんの監視対象にはなってないけど、念のため朱里にも送信しとくか。

《 第四幕　コスモランドで大事件 》

翌日。

晴《は》れ渡《わた》る空の下、俺と白沢《しらさわ》さんはコスモランドの入場ゲート前にやってきた。

列に並び、入場券を購入《こうにゅう》する。チケットはフリーパス代込みなのでけっこうな出費だ。

ここへ来た目的は琥珀《こはく》の疑いを晴らすことだが……

「せっかくだから遊ばないか？」

「虹野《にじの》くん、遊びたいの？」

「遊びたいっていうか、遊ばないとお金がもったいないだろ。もちろん白沢先生の監視が優先だけどさ」

歓迎遠足のメンバーは午前一〇時からコスモランドで遊んでいる。白沢さんの話では、正午になるとステージにて三〇分の昼食タイムが設けられているのだとか。その後は自由行動となり、帰りたい生徒は帰宅できる。その一時間後に教師も解散という流れらしい。

琥珀がどのタイミングで帰るにせよ、一時間は園内で過ごすことになる。昼食タイムが終わるまでにステージの近くで待機しないと発見は困難だ——と、白沢さんは考えているだろう。

実際は俺が連絡すれば居場所を教えてくれるのだが。琥珀には前もって『疑いを晴らすためにひとりで遊ぶ姿を見せてやってくれ』って伝えてるしな。

今日一日男の気配を感じさせない行動を取れば、白沢さんもひとまず疑いを引っこめてくれるはずだ。

ともあれ、正午まであと三〇分ある。軽く遊んでからステージへ向かっても間に合うが……

「どうする？　遊ぶ？」

「遊ぶわ。てゆーか、実はあたしも遊びたいなーって思ってたのよ」

監視を目的に連れてきた手前、遊ぼうとは言い出せなかったらしい。

「虹野くんって、どういうのが好きなの？」

「絶叫系《ぜっきょう》かな。あ、でも白沢さんが好きなのでいいよ。俺って基本的になんでも楽しめる人間だから」

絶叫系が苦手なのだろう。顔を曇《くも》らせたのを見て、俺はそうつけ加える。

「あたしはプラネタリウムがいいわ」

「プラネタリウム？　そんなのあったっけ」

白沢さんが意外そうな顔をした。

「え？　知らないの？　コスモランドに来てプラネタリウムを見ないなんて、人生の半分損してるわよ」

「そんなにすごいのか？」

「すごいわよ。コスモランドって宇宙をテーマにしてるだけあってプラネタリウムに力を入れてるの。ほんっと綺麗なんだから。歓迎遠足で来たときなんか、ステージに行くのを忘れちゃったほどよ」

「そんなに綺麗なのか。そりゃ楽しみだ」

「期待してなさいっ！」

よほど星が好きなのか、白沢さんはわくわく顔だ。うきうきとした足取りで俺とともに入場ゲートをくぐり、園内へ身を移す。

日曜日ということもあってか、園内はかなり賑わっていた。大学生くらいのカップルと子連れが目立つが、そのなかに学生服の集団は見当たらない。もうステージに向かってるのかな？

「どうする？　先にステージ近くで待機しとく？」

「その前にお昼にしない？」

「いいぞ。店が混む前に食べるとするか」

「じゃなくて……実は、お弁当を作ってきたの。もちろん虹野くんがお店で食べたいって言うならいいんだけど……」

「弁当がいいよ。わざわざ作ってくれてありがとな」

せっかく作った弁当が無駄《むだ》にならずに済むとわかり、白沢さんは安心したように表情を緩《ゆる》める。

「どういたしまして。あ、でも味の保証はできないわよ。お姉ちゃんと違って、料理得意じゃないし」

「白沢先生と比べたりしないって。白沢さんの手料理、早く食べたいよ」

「ほんとに期待しないでちょうだいね……」

自信なさげな白沢さんと芝生《しばふ》広場へ向かう。ランチを楽しむ子連れやカップルに交じり、芝生に腰を下ろす。

「お腹が痛くなったら言ってちょうだいね。胃薬持ってきてるから」

よほど料理に自信がないのか、そう前置きをしてカバンから弁当箱を取り出す。

一段目にはおにぎり、二段目にはウィンナーとタマゴ焼きがぎゅうぎゅう詰めになっていた。

普通《ふつう》の弁当だ。しいて言えば盛りつけが雑なのと、おかずが二品しかないのが少し気になるくらい。

「悪かったわね。あたし、これくらいしかまともに作れるのがないのよ」

俺の心を読んだのか、白沢さんが謝《あやま》ってきた。

「いやいや、ウィンナーとタマゴ焼きって、おかずの王様だろっ？　このふたつがあれば充分《じゅうぶん》だって！　もう食っていい？」

「え、ええ、いいわよ……」

白沢さんが不安そうに見つめてくるなか、おにぎりにかぶりつく。

もしかしたら砂糖と塩を間違えてるかも……と身構えたものの、普通のおにぎりだった。

ちなみに具は明太子《めんたいこ》。俺の好物だったりする。とはいえ、塩気が利《き》いたおにぎりに塩辛《しおから》い明太子の合わせ技は塩分の取り過ぎな気がしないでもないが……タマゴ焼きは超甘《ちょうあま》いし、バランスは取れている気がする。

「……どう？」

「すっげえ美味《うま》いっ！　白沢さん、料理の才能あるんじゃね？」

しまった。少し大袈裟《おおげさ》に褒《ほ》めすぎたかも。普通に褒めればよかったかな……。

うそっぽく聞こえたかもと不安になったが、白沢さんは、ぱあっと顔を明るくした。

「そんなふうに言ってもらったのはじめてよ。こないだも電話で慰《なぐさ》めてくれたし……虹野くん、ほんとに優《やさ》しいのね。前の学校じゃモテたんじゃない？」

「俺が⁉　モテた⁉　全然そんなことないって！　モテるどころか友達すらいないぜ！」

全力で否定する俺だった。

恋《こい》バナは危険すぎる。なんとか話題を逸らさないと。じゃないと——深掘《ふかぼ》りされたら、元カノの存在に気づかれてしまう。探偵《たんてい》の素質がある白沢さんなら自力で元カノの正体にたどりつきかねない。

などとハラハラする俺だったが——

「虹野くん、友達いないのね。だったら、あたしが友達になってあげるわ」

予想外のところに着地した。

「白沢さんが、俺の友達に？」

「な、なによ。嫌なの？」

「嫌じゃない嫌じゃない！　友達になってくれて嬉《うれ》しいよ！」

嘘偽《うそいつわ》りのない本音である。

なにせいまの学校で半年過ごして友達はゼロだからな。このまま寂《さび》しい学校生活を送り、卒業を迎《むか》えるんじゃないかと半ば諦《あきら》めていたところだ。

「友達になったことだし、これからは名前で呼び合いましょうか？」

「いいね。今日からは真白《ましろ》さんって呼ぶことにするよ」

「堂々と呼ぶのね。もうちょっと恥《は》ずかしがると思ってたわ。虹野くん……じゃなくて、透真《とうま》くん、女慣れしてない？」

「俺が⁉　女慣れ⁉　してないしてない！　女友達は真白さんがはじめてだよ！　てか腹減った！　飯食っていい⁉」

「ええ。好きなだけ食べていいわよ」

話題を逸らすと、真白さんはにこやかに言う。……笑った顔が琥珀に似てて、不覚にもどきっとしてしまった。

それから。

俺たちはランチを済ませると、ステージへ向かう。

「いっぱい出てきたわね」

ステージからぞろぞろと出てくる生徒を眺《なが》める真白さん。それを横目に、俺はこっそり琥珀に『監視スタート。出てきていいぞ』とメッセージを送る。

「──ふたりでなにをしているの？」

「「……っ！」」

ふいに背後から声をかけられ、俺たちはびくっと震えた。

振り返ると、朱里《あかり》が佇《たたず》んでいた。

なんで真白さんがいるのに声をかけてきた⁉　朱里にも昨日ちゃんと警告メッセージを送ったのに！

「まさかデートかしら？　青春ね」

そりゃ傍目《はため》にはデートに見えるかもしれないが、目的は琥珀の監視だ。それは朱里にも伝えたはずだが……

「デートじゃないですよ。なあ？」

「ええ。ひさしぶりにコスモランドで遊びたくなって、だけどナンパするひとがいるって聞いて、透真くんについてきてもらっただけです」

朱里がぴくっと眉《まゆ》を動かした。

「へえ、そうなの……」

切れ長の瞳《ひとみ》で、じぃっと真白さんを見つめる。……この目、琥珀を見るのと同じ目だ。

まさかこいつ、真白さんに嫉妬《しっと》してるのか？

「ナンパが多いのね。それは初耳だわ。では私も一緒に行動させてもらおうかしら」

「それ、おかしくないですか？」

「なにがおかしいのかしら？」

「普通先生は遊びに来てた生徒と一緒に行動なんかしませんよ。なのに赤峰《あかみね》先生、昨日も透真くんと出かけようとしてましたし……ふたりは特別な関係なんじゃないですか？」

ど、どうすんだよ朱里！　がっつり怪しまれちゃってるぞ！

「あなたの言う通り、私と透真はただの教師と生徒ではないわ」

誤魔化すどころか特別な関係だと認めた。まさか元カノだと明かすつもりじゃないよな……。

「どういう関係なんですか？」

「親戚《しんせき》よ。はとこの関係なの」

なるほど。たしかに親戚なら俺と連《つる》んでいてもおかしくない。それどころか俺の部屋に入るところを目撃《もくげき》されても交際疑惑《ぎわく》は持たれない。

きっと朱里は復縁《ふくえん》レースを有利に進めるため、真白さんに関係を明かしたのだろう。

問題は、真白さんがこの話を信じてくれるかだけど……。

「そういうことだったのね」

よかった。信じてくれたみたい。

ま、俺と朱里が昔付き合ってたって話よりは信憑性《しんぴょうせい》があるわな。五つも歳《とし》の差があって、おまけに美女と野獣《やじゅう》だし。

「秘密にしてて悪かったよ」

「とーぜんよ。むしろ普通は教えないわ。生徒に知られたら、連絡先《れんらくさき》を聞き出そうとするひとが出てくるもの。心配しなくても誰《だれ》にも言わないから安心して――」

ふいに真白さんが黙《だま》りこむ。視線を追いかけると、琥珀がステージから出てきたところだった。

「あっちで遊びませんか?」

真白さんが言う。朱里の同伴は認めるが、目的は明かさないらしい。

当然の判断だ。琥珀が学校行事の最中に男とデートするかも、とか言ったら心証が悪くなるもんな。

俺はもちろん事情を知っている朱里もうなずき、五〇メートルほど距離《きょり》を空け、琥珀のあとを追いかけて――

「うそ、でしょ……」

真白さんの顔が引きつり、血の気が引いていく。

当然ながら、琥珀が男と落ち合う姿を目撃したわけではない。

真白さんが目にしたのは、琥珀が列に並ぶ姿——琥珀はジェットコースターの待機列に並んだのだ。

そして俺の予想が正しければ、真白さんは絶叫系が超苦手《ちょうにがて》だ。

俺でも気づけることに、姉の琥珀が気づけないわけがない。

潔白を証明する手はずになっているのに、なぜ真白さんの追跡《ついせき》を振《ふ》り切るようなことをするんだ？

「どうする？　ベンチで休憩する？」

「う、ううん。乗るわ」

「無理するなよ。真白さん、絶叫系が苦手なんだろ？」

「ど、どうして知ってるのよ？」

「顔を見ればわかるって。ほら、あそこのベンチに座ろうぜ」

真白さんは迷うようにベンチを見て……かぶりを振った。

「ジェットコースターに乗るわ。ジェットコースターで男と落ち合うかもしれないもの。あの列のなかに彼氏がいるかもしれないわ」

朱里に聞かれないように、真白さんは小声で言った。

まあ、目的は監視だしな。目を離したら意味がない。琥珀の潔白を証明するためにも、真白さんには監視を続けてもらうとしよう。

「んじゃ乗るか」

俺《おれ》たちは列に並ぶ。五分ほどして順番がまわってきた。

琥珀はコースターの最前列に座り、俺たちはコースターの最後列と、そのひとつ前の空席に座ることになる。

ちなみにふたり掛《が》けの席で、ひとつ前の空席にはすでにおばさんが座っている。

「どっちに乗る？」

「あたしは前に乗るわ。一番うしろだと前のほうが見えないもの。おとなり失礼します」

「あらあら、礼儀《れいぎ》正《ただ》しいわね」

真白さんは、おばさんのとなりに腰かける。そのうしろに俺と朱里が座り、安全バーを下ろす。

その途端、朱里が俺の太ももに手を添《そ》えてきた。俺とイチャつくつもりらしい。

「ま、まずいって」

いくら背もたれが目《め》隠《かく》しになるからって、こんなところでエロいことをするのはまずい。真白さんに振り向かれたら即《そく》アウトだ。親戚だからって言《い》い逃《のが》れはできないぞ。

「え⁉　なにかまずいの⁉　安全バーが安全じゃなかったりするの⁉」

真白さんがパニクる。

「ち、違《ちが》うから。そういう意味で言ったわけじゃないから」

「ほ、ほんと？　まずくない？」

「ちっともまずくないよ。コースターで事故が起きたなんて話は聞いたことがないからさ。安心して楽しもうぜ」

さわさわ。

違うからっ！　朱里に言ったわけじゃないから！　えっちなことは安心して楽しめないから！

しかし声を上げれば真白さんに聞かれてしまう。俺は視線でやめるように促《うなが》してみた。

すると朱里は俺の瞳をじっと見つめ、ズボンの上から太ももを愛撫《あいぶ》する。手を上へ上へと滑らせていき、股間のまわりを撫《な》でてくるが、大事なところには触《さわ》らない。俺がその気になるように焦《じ》らしているようだ。

正直言うとエロい気分になっちまった。これも一種のつり橋効果なのだろうか。股間のまわりをソフトタッチされ、いつも以上にムラムラする。

プルルルルル――――！

と、ブザー音が響《ひび》き、はっと我に返る。いかんいかん。危《あや》うく朱里に乗せられるところだった。気を強く持たなければ！

コースターが動きだし、かたん、かたん、とレールを上っていくにつれて、真白さんが悲鳴を漏らし始める。

「ううっ。こ、怖い……怖いわ……」

「そんなに怖いのかい？」

真白さんのとなりに座《すわ》るおばさんが優しく話しかける。

「す、すみません。うるさかったですよね」

「気にしなくていいよ。怖いなら、おばさんが手を繋《つな》いでてあげるからね」

「あ、ありがとうございます……」

親切なおばさんと手を繋いだのか、真白さんの震えが収まった。

ちゅ、と。

ふいにほっぺに熱い感触《かんしょく》が迸《ほとばし》る。朱里が頬にキスしてきたのだ！　俺は小声で、

「な、なにやってんの？」

と言うと、朱里はキス顔で応《こた》えた。超《ちょう》エロい……。

こ、この顔は反則だろ！　めっちゃキスしたくなってきたじゃねえか！

しょうがない。一回だけキスしてやるか。そうすりゃ朱里も満足してくれるだろ。

真白さんが振り向かないように祈《いの》りつつ、朱里の唇にキスをする。ねっとりとした舌に自分の舌を絡《から》ませていると、朱里が手を握《にぎ》り、おっぱいに誘導《ゆうどう》してきた。もみもみと胸を揉《も》みながら夢中になってキスをしていると、朱里の手がついに局部に触《ふ》れた。にぎにぎとズボンの上から揉まれ、興奮で頭がおかしくなりそうになったところ――

コースターが落下した。

その瞬間《しゅんかん》、ぐぎゅう！　と朱里が俺の股間《こかん》を握りしめてきた。

「んぎッ！」

痛い痛い痛い痛い！　握るところ違うから！　そこ安全バーじゃないから！

「ご、ごめんなさい」

反射的に力をこめてしまったのだろう。朱里はすぐさま股間から手を離してくれたが、痛みは引かなかった。

俺が痛みに悶絶《もんぜつ》している間に、急降下したコースターは右へ左へ曲がりくねり、上昇《じょうしょう》と降下を繰《く》り返し、あっという間にゴールした。

「や、やっと終わった……」

「死ぬかと思った……」

「透真くんも怖かったの……？」

「ある意味かなりの恐怖《きょうふ》を感じたよ……」

「そう……気が合うわね……」

真白さんはぼさぼさの髪《かみ》と真っ青な顔をそのままにコースターから降りて、ふらふらと出口へ向かう。

見るからに気分が悪そうなので、真白さんをベンチに座らせる。

「しばらくここで休憩《きゅうけい》しようぜ」

「だ、だめよ……休憩してる場合じゃ……行かないと……」

「だけど真白さん、マジで顔色悪いぞ」

「こ、ここにいたら……見失うわ……」

「いまは休んだほうがいいって」

などと真白さんを説得していたところ、

「真白ちゃん、なにしてるの？」

琥珀が何食わぬ顔で話しかけてきた。真白さんは気まずそうに目を逸《そ》らす。

「な、なんとなくコスモランドで遊びたい気分だったの。だけどナンパされるって聞いて、透真くんを誘ったんだよ」

「そうなんだ。ところで……気分悪そうだけど、だいじょうぶ？」

「吐《は》き気《け》がする……」

琥珀に見つかった以上、監視は一時中断だ。真白さんは素《す》直《なお》に気持ちを吐《と》露《ろ》した。

「赤峰先生、妹の介《かい》抱《ほう》を頼《たの》めますか？」

「構いませんよ」

「ありがとうございます。ごめんね真白ちゃん、お姉ちゃん行くところがあって……」

「う、うん。わかった。行ってらっしゃい」

真白さんに見送られ、琥珀は走り去っていく。すると真白さんが耳打ちしてきた。

「念のため、お姉ちゃんのあとをつけてみて」

俺はうなずき、朱里に真白さんの介抱を任せ、琥珀を追いかける。

琥珀はベンチに座って待っていた。俺を見るなり立ち上がり、満面の笑みを向けてくる。

「来てくれたんだねっ」

「真白さんに監視を頼まれてな。……俺が来るのを待ってたんだよな？」

「うん。わたし、透真くんとデートしたかったの」

「気持ちは嬉しいけど、こんなところでデートしたら生徒に見られてしまうだろ……」

さっきまで朱里と過ごしていたが、真白さんも一緒だったので生徒に見られてもデートとは思われないはず。

だけど、いまはふたりきりだ。

琥珀の社会的立場を守るためにも、ふたりきりでいるところを生徒に見られるわけにはいかない。

デートをするならするで、ひと目につかない場所に移動しないと——

「あそこに行こうぜ」

俺は観覧車を指さした。

ゴンドラ内ならイチャついても目撃される心配はない。

ふたりきりで思いきりイチャつけば、琥珀も満足してくれるはず。デート欲が満たされ、真白さんに怪《あや》しまれない行動を取ってくれるはずだ。

俺たちは待機列に並び、ゴンドラに乗る。密閉空間にふたりきりになった途端《とたん》、琥珀が細い腕《うで》を俺の腕に絡めてきた。

「こうしていると、昔のデートを思い出すね」

「付き合い始めて二ヶ月目だっけ。はじめて自宅以外の場所でデートしたんだよな」

どこへ連れていけば琥珀が喜ぶか悩《なや》みに悩み、コスモランドでデートした。

その頃《ころ》になると、会うたびにキスをする関係になっていたが……大勢ひとがいる場所でデートするのははじめてで、思うようにイチャつけなかった。

手を繋ぐだけで恥ずかしそうにしていた琥珀と遊び、デートの締《し》めとして観覧車に乗り、琥珀が「やっとふたりきりになれたね」とはにかんだのを見てキュンとして、口づけした。

琥珀は顔を真っ赤にしていたが……嫌《いや》そうにはしておらず、ゴンドラが一周するあいだ、ずっと唇《くちびる》を重ね続けた。

観覧車は俺と琥珀にとって、思い出深い場所なのである。

「透真くんとこうしてふたりきりになるの、ひさしぶりな気がするよ」

「いつも朱里がいるもんな」

「うん。だけど今日は赤峰先生に邪魔《じゃま》されないよ。赤峰先生、いまは真白ちゃんの介抱で忙《いそが》しいし。それに話をつけてるもん」

「話を？」

うん、とうなずき、

「今日透真くんとデートさせてくれたら、今週いっぱいは透真くんを誘惑《ゆうわく》しないって約束したの」

「そうだったのか」

その約束を取りつけた上で、俺とジェットコースターでキスしたのか……。まさに良いところ取りって感じだ。

「ほんとはジェットコースターで真白ちゃんを酔《よ》わせて、そのあとで赤峰先生を呼び出すつもりだったんだけどね。まさか一緒にいるとは思わなかった。……赤峰先生とこっそりキスしたんじゃない？」

「す、するわけないだろ。真白さんが一緒にいたんだから」

「そうだよね。……ところで、さっきから真白ちゃんのこと名前で呼んでるけど、なにかあったの？」

「友達になったんだ」

「そう。友達として仲良くしてあげてね」

釘《くぎ》を刺《さ》された気がする。

「わかってる」

ならいいの、とほほ笑み、おねだりするように見つめてくる。なにをしてほしいのかは一目瞭然《いちもくりようぜん》だ。

ゴンドラはてっぺん間近。ここでならキスしてもバレっこない。

俺は琥珀に口づけをする。唇と唇を触れ合わせるだけの軽いキスだ。

「……もっとして？」

唇を遠ざけると、甘《あま》い声でおねだりされた。再び口づけをする。

「ん、んむ……もっとしたい、んっ………もっと」

短めのキスを繰り返していると、琥珀と遊園地デートしたときのことを思い出してきた。愛《いと》おしさが胸いっぱいに広がり、琥珀のことをもっと愛したくなってきた。服の内側へと手を入れ、ブラジャー越《ご》しに胸をまさぐり、直接揉もうとしたところ——琥珀がぴくんと身体《からだ》を震《ふる》わせた。

唇が遠ざかる。

「や、やっぱりだめだよ……」

「す、すまん。胸を揉むのはやりすぎた」

「違うの。そうじゃないの」

と、琥珀は首を振った。

そして懺悔《ざんげ》でもするかのように、ぽつりとつぶやく。

「わたし、真白ちゃんに怖い思いをさせちゃった……透真くんとデートするために、妹をへとへとにさせるなんて……お姉ちゃん失格だよ……」

ああ、そういうことか……。

真白さんは、自分の意思でジェットコースターに乗りこんだのだ。琥珀が責任を感じる

必要などない。

けど……真白さんをへとへとにさせる作戦を立てたのは事実だし、そうなるように誘導したのもまた事実。うしろめたさを感じてもおかしくはない。

なんにせよ、暗い気分ではデートを心から楽しめない。デートってのは、楽しい気分でするべきだ。

「デートはまた今度にしようぜ」

「……またデートしてくれるの？」

「当たり前だろ。近場だと落ち着けないし、次は遠くに遊びに行こうぜっ！」

明るい口調で告げると、琥珀は笑ってくれた。

「うん。楽しみっ！」

「俺も楽しみにしてるぜっ！」

にこやかになったところで、ゴンドラが地上に到着《とうちゃく》する。

そして『白沢先生に見つかってしまい一緒《いっしょ》に真白さんの様子を見に行くことになった』という体《てい》を装い、俺たちはふたりのもとへ引き返した。

朱里と真白さんは、さっきと同じ場所にいた。

だけどさっきと違い、様子が変だ。

見ると、ふたりはベンチに腰《こし》かけ、男たちと揉めているようだった。

ふたりの若い男が身振《みぶ》り手振《てぶ》りを交えて熱弁を振るっている。朱里は険しい顔でそれを聞き、真白さんは不安そうに身を竦《すく》めている。

道を聞かれてるってわけじゃなさそうだし……

「あれ、ナンパだよね？」

琥珀が不安げに言った。

「だろうな。ちょっと追い払《はら》ってくるよ」

「喧嘩《けんか》にならない……？」

「心配するなって。平和的に解決するから」

ナンパは数を打つもの。失敗するのが当たり前。拒絶《きょぜつ》の意を示せば諦《あきら》めるはず。たとえ食い下がろうと、男が一緒だとわかれば逃《に》げるように立ち去るはずだ。

だけど念のため——

「絡まれたら面倒《めんどう》だし、琥珀はここで待ってろ」

「う、うん。ほんとに気をつけてね……」

心配そうな琥珀に見送られ、俺はふたりのもとへ駆《か》ける。

ふたりとの距離が近づくにつれて、やり取りが鮮明《せんめい》に聞こえてきた。

「オレらと遊ぼうぜ！」

「ぜってー退屈《たいくつ》させねーからさァ！」

「しつこいわね。あっちに行きなさい」

朱里がむっとした顔で突《つ》き放《はな》すように告げる。

しかし男たちは引き下がらなかった。

「せっかく綺麗《きれい》な顔してんだからさ！　そんな怖い顔すんなって！」

「オレらが笑顔《えがお》にさせてやるよ！」

朱里と真白さんは超可愛《ちようかわい》いのだ。ちょっとやそっとじゃ諦めきれないのだろう。

とはいえ、さすがに男が一緒だとわかれば諦めもつくはずだ。

「悪い、待たせた！」

ふたりのもとへ駆け寄ると、ふたり組が睨《にら》みつけてきた。

「なんだてめー？」

「いまオレらが話してんだ。あっち行ってろ」

かなり強気な態度だった。俺より一〇センチは背が低いし、体つきもひょろっとしてるのに……。一対二だから気が大きくなってるのかね？

小学生の頃から身体が大きかった俺は、よく上級生に目をつけられていた。喧嘩をしたことも一度や二度ではない。

それなりに喧嘩慣れしてるし、こいつらに負けるとは思わないが……学外で喧嘩沙汰《ざた》を起こすのはまずいよな。

かといって、下手に出るのはまずい。ここで怯《ひる》めばますます調子づかせてしまう。

「おいコラびびってんのか⁉」

「黙ってねーでなんとか言ったらどうだ⁉」

早くも調子に乗ってきた。そっちがその気なら、こっちも強気でいかせてもらうぜ！

「お前らがナンパしてんのは俺の友達なんだよ！　ひとの友達にしつこく声かけてんじゃねえ！」

凄《すご》んでみせると、ふたりが身じろぎした。憤然《ふんぜん》として睨みつけてやると、怯《おび》えるように目を逸らして——目の色を変えた。

視線の先には、琥珀がいた。

「おい見ろ！　すっげー美女！　シラけたし向こう行こうぜ！」

「しょうがねーな。おいコラ、あっち行ってやるんだ。感謝しやがれ！」

偉《えら》そうに怒鳴《どな》り、ふたりが琥珀のもとへ向かおうとした、そのとき。

「やめて！」

真白さんが震える声で叫《さけ》んだ。

ふたり組が真白さんを睨みつける。

朱里に向けていたニヤけた目つきとは違う、敵意に満ちた眼差《まなざ》しだ。

「てめーは関係ねーだろ！　指図してんじゃねえ！」

「か、関係あるわよ！　あたしのお姉ちゃんだし！」

びくびくしながら声を上げると……ふたりは嘲笑《ちょうしょう》した。小馬鹿《こばか》にするように真白さんを見て、

「うそついてんじゃねーよ。全然似てねーじゃねーか」

「オレらは可愛《かわい》い娘《こ》にしか興味ねーんだ。最初からてめーにゃ話しかけてすらねーんだよ。ひとりで勝手に遊んでろ」

「――ッ」

真白さんの目に、じわっと涙《なみだ》が滲《にじ》む。

かちんときた。こいつらもう許せねえ！

「ふざけんじゃねえぞ！　撤回《てっかい》しやがれ！　じゃねえとぶっ飛ばすぞ⁉」

「あぁ⁉　可愛くねー奴《やつ》に可愛くねーっつってなにが悪いんだ！」

「目玉腐《くさ》ってんのか⁉　めちゃくちゃ可愛いだろうが！　女を見る目がねえくせにナンパしてんじゃねえ！」

「んだと⁉　女の前だからってかっこつけてんじゃねーぞ！」

「殴《なぐ》られねーとでも思ってんのか⁉」

俺の胸《むな》ぐらを掴《つか》み、拳《こぶし》を振り上げてきたので、思いきり頭突《ずつ》きをお見舞《みま》いしてやった。

途端に男はしりもちをつき、ひたいを押《お》さえてうめき声を上げる。

「い、いってぇ……」

「て、てめー！　なにしやがるコラ！」

もうひとりが大きく腕を振りかぶって殴りかかってきた。

そのときだ。

「きみたち、そこでなにをしているのだね⁉」

スーツ姿のおじさんが駆け寄ってきた。

やべっ！　教頭先生じゃねえか！

「お、おい行くぞ」

顔見知りなのだろうか。教頭先生の顔を見て、ふたりは慌《あわ》ただしく逃げていく。

俺も逃げたい気分だ。

学校関係者でも生徒なら言い訳のしようがあるが、よりによって教頭先生に見つかったのはマズすぎる。

教頭先生が、じろじろと俺を見る。

「きみはたしか……虹野だね？」

「は、はい。虹野です……」

「転校してまだ半年だというのに、なにをやっているのだね、きみは……」

教頭先生があきれたような顔で言う。

転校の際に教頭先生を相手に面接したので、しっかり顔を覚えられていたようだ。

教頭先生はため息をつき、

「校内でも問題だというのに、校外で喧嘩沙汰を起こすとは……。退学を言い渡《わた》されても文句は言えないよ」

「待ってください！」

と、朱里が抗議《こうぎ》の声を上げる。

「喧嘩ではありません！　彼《かれ》は私たちを守ってくれたんです！」

「赤峰先生の仰《おっしゃ》る通りです！　彼は悪くありません！」

琥珀が駆け寄り、弁護に加わる。

「だとしても暴力は暴力です。このことは校長先生に報告しなければなりません」

ぴしゃりと告げ、厳しい眼差しで俺を見る。

「きみの処分は校長先生が下すからね。明日の朝、ホームルーム前に校長室へ行きなさい。いいね？」

「は、はい……わかりました……」

よろしい、とうなずき、朱里たちを見る。

「赤峰先生と白沢先生は私と一緒に見まわりをしなさい。彼のような生徒がほかにもいるとは思いたくありませんがね」

ふたりはなにか言いたげな顔をしたが、ここで反論したっていいことなどなにもない。

俺が目配せして首を振ると、ふたりはおとなしく教頭のあとについていった。

ふたりきりになると、真白さんが頭を下げてきた。

「ご、ごめんね、透真くん。あたしのせいで大変なことになっちゃって……」

「なんで真白さんが謝るんだ？」

真白さんはひどく思《おも》い詰《つ》めた顔で、

「だって透真くん、あたしをかばったせいで掴みかかられて……頭突きをしちゃったから……」

流れ的にはその通りだけど、真白さんが責任を感じる必要なんかこれっぽっちもありゃしない。

悪いのは暴言を吐いたふたり組で、頭突きをしたのは俺の意思なのだから。

「真白さんをかばうのは当然だろ。あいつら、ひどいこと言ったじゃねえか。気にするな──って言っても気にするだろうけどさ。マジで気にしなくていいからな。あいつら見る目がないだけだから。真白さん、うちのクラスで一番可愛いから」

泣きそうな顔を見つめて褒《ほ》めると……真白さんは恥ずかしそうに目を伏《ふ》せた。

「ほ、褒めすぎよ」

「本当のことを言ったまでだ。真白さん、マジで可愛いよ。お世辞とかじゃなく、本気でそう思ってるから。真白さん、ほんとに可愛いから」

「あ、ありがと……。透真くんも、かっこいいわよ」

真白さんは照れくさそうに頰を染め、俺を褒めてきた。

ここで俺を褒める必要なんかないってのに。自分だけが褒められるのは悪い気がしたのかな？

マジで真白さんっていい娘だよな。こんな女子を悪く言うとか、あいつらほんとどうかしてるぜ。

「ありがとな。褒めてくれて嬉《うれ》しいよ」

「ど、どういたしまして……」

気恥《きは》ずかしそうにもじもじする真白さん。

とりあえず、罪悪感は薄《うす》れたようだ。あとはぱーっと遊べば、つらい気持ちも吹《ふ》っ飛ぶだろう。

教頭先生に見つかればなにか言われるかもしれないが、いま優先するべきは真白さんの心のケアだ。

まっすぐ家に帰れとも言われてないし、もうちょい遊んで行くとしよう。

「どうする？　プラネタリウムに行くか？」

「今日はもういいわ」

「そか。まあ、あんなことがあったんじゃ遊ぶ気分にはなれないよな」

「ううん。透真くんと遊びたいとは思ってるわ」

だけど、と使命感に燃える瞳で言葉を続ける。

「あたし、やることがあるから」

「やること？」

うん、とうなずき、

「お家に帰ってお父さんを説得するわ！　透真くんは悪くないって。透真くんはすっごくいいひとだって話すから！　今日あったことをそのまま伝えたら、お父さんだって許してくれるわよ！」

俺を安心させるように、力強く言った。

「気持ちは嬉しいけど、やめたほうがいいんじゃないか？」

「どうして？」

「今日あったことをそのまま話したら、『男とデートしていたのか』って思われるだろ。幸い、教頭先生には俺と真白さんが一緒に遊んでたって知られてないんだ。偶然《ぐうぜん》遊園地で鉢合《はちあ》わせたってことにしといたほうがいいと思うぜ」

校長先生は厳しいと評判だ。かつて生徒に退学を言い渡したこともあるらしい。なにも手を打たなければ、厳しい処分が下されることになるだろう。

だからこそ、真白さんの提案はありがたい。

だが校長先生は娘を溺愛《できあい》しているのだ。可愛い娘が男とデートしたと知れば、よけいに怒《いか》りを買いかねない。

「それに、白沢先生を監視《かんし》してたって話もしないほうがいいぞ。白沢先生が知ったら、『ストーカーしてたの？』って気を悪くするかもだし」

もちろん琥珀は気を悪くなどしない。

問題は校長に彼氏《かれし》がいるのかと問い詰められることだ。

当然、琥珀は『彼氏はいない』と言うが、信じてもらえるかはわからない。下手すりゃ校長に監視され、逢《あ》い引《び》きしている姿を見られてしまうかもしれない。そしたら今度は、琥珀の立場まで危ぶまれる。ついでに俺は刀で斬《き》られる。

「上手《うま》く説明するから心配いらないわ！　だから……お父さんの説得は、あたしに任せてくれないかしら？」

真白さんは真剣《しんけん》な眼差しで言う。なにもしないで見ているだけなのは嫌なのだろう。

「わかった。お願いするよ」

「ええ、任せてちょうだい！　ぜったい透真くんを退学にはさせないから！　……でも、停学は免《まぬが》れないかも」

「退学にならないだけマシだよ」

とはいえ停学になれば学校に通いづらくなってしまう。ただでさえ怖《こわ》がられてるのに、暴力沙汰《ざた》を起こしたと知られれば、ますます学校で浮《う》いてしまう。

「もし俺がクラスで孤立《こりつ》するようなことになったら、真白さんも俺を避《さ》けていいからな。俺、気にしないから」

「友達を避けるわけないじゃない。むしろ絡《から》みに行くわ。孤立したときに手を差し伸《の》べるのが友達だもの」

真白さんは、きっぱりと言った。

嬉しくて、つい頬がほころんでしまう。

少しだけ気分が晴れたところで、俺たちはコスモランドをあとにしたのだった。

◆

そして夕方。

俺はベッドに横たわり、憂鬱《ゆううつ》な気分に浸《ひた》っていた。

退学か停学の瀬戸際《せとぎわ》なのだ、めちゃくちゃつらい。正直泣きたい気分だ。

真白さんの手前、気にしていないふりをしたけど――ひとりになった途端に気が沈《しず》み、ずっと憂鬱な気分が続いている。

救いを求めて『高校　暴力　無罪　ラッキー』で検索《けんさく》してみたが、お咎《とが》めなしのケースは見つからなかった。

不幸中の幸いか、停学が大半で、退校処分を言い渡されたケースは少なかったけど……

慰《なぐさ》めにはならない。

運良く停学で済んだとしても、まわりの俺を見る目は変わり、いままで以上に孤立化が進むだろう。

真白さんはああ言ってくれたけど、俺と仲良くしたせいで孤立したら大変だ。気持ちは嬉しいけど、やっぱり友達を巻きこむわけにはいかないよな……。

問題と言えば、もうひとつ。親への説明だ。

父さんと母さんは海外に住んでるが、ずっと帰ってこないわけじゃない。黙《だま》っていてもいずれバレる。

放任主義とはいえ、さすがに退学になったらスルーはできない。怒るだろうし、悲しむはずだ。

ふたりの反応がいまから怖い……。

「はあ……」

本日何度目かのデカいため息。腹が減ってるせいでますます暗い気持ちになってしまう。てきとーになにか食うとするか。

そうと決めたところで、朱里からメッセージが送られてきた。

【いま家にいるの？】

【いるぞ】

【私の家に来てちょうだい】

いくら俺のことが好きでも、このタイミングでエロい誘惑をするとは思えない。きっと俺が心配で、慰めようとしているのだろう。

朱里を心配させるわけにはいかない。元気な姿を見せて安心させないと！

俺は家を出て、となりの部屋を訪《おとず》れる。

インターホンを押すと、朱里はすぐに顔を出した。思った通り、かなり深刻そうな顔をしていた。

「入ってちょうだい」

「お邪魔します」

朱里のあとを追い、リビングへ。そこには琥珀の姿があった。ソファに腰かけて、心配そうに俺を見ている。

元カノのつらそうな顔なんか見たくない。俺が落ちこんでいる顔を見せれば、ますます不安にさせてしまう。

気にしてるけど、気にしてないふりをしないとな！

「ふたり一緒とは珍《めずら》しいな～。俺を巡《めぐ》って言い争わないでくれよなっ！」

冗談《じょうだん》めいた口調で告げると、真剣な顔で返された。

「そんなことしないよ」

「これ以上、透真に迷惑《めいわく》はかけられないわ。私のせいで、本当にごめんなさい」

「な、なんで朱里が謝《あやま》るんだよ？」

朱里はなにも悪いことしてないのに。

「私がもっと強く断っていれば、透真が駆けつける前にナンパを諦《あきら》めていたかもしれないじゃない……」

「そんなことないって。朱里は綺麗だから、きっぱり断ったところでふたりが諦めたとは思えないよ。朱里は悪くないんだから、そんな顔しないでくれ」

「そうです。赤峰先生は悪くありません。悪いのはわたしです」

琥珀までなにを言いだすんだ。

「悪いのはあいつらだろ。琥珀が責任を感じる必要はないって」

「わたしにも責任はあるよ。あのときわたしが背中を向けてたら、ふたりに気づかれずに済んだもん。あのひとたちがわたしのほうに来ようとしたから、真白ちゃんが呼び止めて……それで、透真くんが……」

琥珀はみるみる落ちこんでいく。

「琥珀は悪くないってば。悪いのはあいつらと、手を出しちまった俺《おれ》だろ」

出したのは手じゃなく頭だけど、暴力を振《ふ》るったことに変わりはない。

「透真くんは悪くないよ！　真白ちゃんを守ってくれたんだもん！　正当防衛だよ！」

「そうよ。本来なら、私が守るべきだったのよ。私、教師なんだから。……なのに生徒に守ってもらうなんて……教師失格よ」

「そんなことないって！　朱里も琥珀も最高の教師だぞ！　だからふたりが責任を感じることはないんだよ！」

　必死になだめたものの、ふたりは落ちこんだままだ。ふたりの気分を盛り上げるため、俺は明るい口調で言う。

「ほら、前に話しただろ？　ふたりのことは彼女《かのじょ》として扱《あつか》うってさ。彼氏として、ナンパ野郎《やろう》から彼女を守るのは当然のことなんだ。だから、ふたりが責任を感じる必要はないんだよ。それにさ、実を言うと俺、退学も悪くないって思ってるんだぜ」

「ど、どうしてよ？」

「透真くん、学校楽しくないの？」

「楽しいよ。やっと友達もできたしな。でも、生徒のままじゃ、ふたりと思う存分イチャつけないだろ。生徒じゃなくなれば人目を気にせずイチャつけるし、ふたりも俺とイチャつきたかっただろ？」

「そうだけど……透真が退学になるかもしれないのに、喜べるわけないじゃない」

「わたし、ぜったいに透真くんを退学にさせたりしないよ。だから、これからお父さんに直談判《じかだんぱん》してくる！」

「私も行くわ！　一部始終を見ていたのは私だけだもの！」

ふたりとも俺のためになにかせずにはいられないらしい。

ただでさえ自分に責任があると思いこみ、罪悪感に苛《さいな》まれているのだ。そのうえ、俺が退学になってしまったら、この先ずっとふたりは苦しみ続けることになる。

ふたりの苦しむ姿は見たくない。俺をかばえば校長と対立することになりかねないけど……ふたりは悪いことなどしていないのだ。

俺をかばったところで、琥珀と朱里が罰《ばつ》を受けることはない。そうすることでふたりの気持ちが少しでも晴れるなら、校長に意見してほしい。

だけど、これだけは言わせてくれ。

「ふたりがかばってくれるのは嬉しいけど……あくまで教師としての意見にしてくれよ？　俺に気があることが校長先生に悟《さと》られたら、ふたりの立場まで危なくなるしさ」

「いまは私のことより透真のことよ。透真を守るためなら、教師を辞《や》めることになっても構わないわ」

「透真くんはなにも心配しなくていいからね。ぜったいに守ってみせるから！」

勇ましく言い放たれ、俺は嬉しかった。

俺のせいでふたりの輝《かがや》かしい教師人生が閉ざされてしまうかも——。そう思うと不安になってしまうけど……仕事より俺のほうが大切だと言い切ってくれるのは、とても幸せなことだから。

「ありがと。俺、ふたりに愛されて嬉しいよ」

ふたりはにこやかにほほ笑《え》むと、俺とともに部屋を出る。そして俺に見送られるなか、マンションをあとにしたのであった。

《終幕　ヒーローになった男》

そして迎《むか》えた運命の朝――

「やべえ！　寝過《ねす》ごした⁉」

寝起《ねお》き早々俺は生きた心地《ここち》がしなかった。大慌《おおあわ》てで枕元《まくらもと》のスマホを手に取ると、充電《じゅうでん》が切れていた。

どうりでアラームが鳴らないわけだ。

「頼む頼む頼む頼む！　朝であってくれ朝であってくれ朝であってくれえええええ！」

神様に祈《いの》りながらリビングへ駆けこみ壁掛《かべか》け時計《どけい》をチェック。チャイムが鳴る一五分前。急げばギリギリ間に合う時間だ！

よかったぁ～……。

ただでさえ暴力沙汰を起こしたってのに、そのうえ遅刻《ちこく》までしてしまったら心証最悪だもんな。これで首の皮一枚繋《つな》がったぜ！

って、安心してる場合じゃねえ！

大急ぎで身支度《みじたく》を整えて部屋を飛び出す。

全力疾走《しっそう》で通学路を駆け抜《ぬ》けて昇降口《しょうこうぐち》に飛びこみ、上履《うわば》きに履《は》き替《か》えて校長室へと全力ダッシュ！

校長室の前には、見知った顔ぶれが揃《そろ》っていた。

琥珀《こはく》と朱里《あかり》と真白《ましろ》さんだ。

息を切らして駆けてくる俺を見て、三人は安堵《あんど》の表情を浮かべる。

「透真《とうま》くんが来てくれて安心したわ」

「なかなか来ないから自主退学をするんじゃないかと心配したわよ。あなたはなにひとつ恥《は》ずべきことをしていないのだから、堂々と胸を張って面会しなさい」

「校長先生には昨日、言うべきことをちゃんと言ったからね。きっと理解を示してくれるはずだよ」

どう転ぶかはわからないが、三人は俺のために手を尽《つ》くしてくれたのだ。

心強い味方が三人もいる――。

それがわかっただけで、ちょっと気が楽になってきた。

「校長先生……もう来てますか？」

「一時間前から待ってるわよ」

うわぁ。めっちゃ待たせちゃってんじゃん。

校長の俺に対する好感度は地を這《は》っているはずだ。

これ以上待たせると入室した瞬間《しゅんかん》に退学処分を言い渡されるかも。

俺は深呼吸で心を落ち着けてから、重厚《じゅうこう》なドアをノックした。

「――入りなさい」

許可が下り、緊張《きんちょう》感を漲《みなぎ》らせながら入室する。

「ずいぶん遅《おそ》かったじゃないか。こんな大事な日に寝坊《ねぼう》かね？」

革張《かわば》りのソファに腰かけ、唸《うな》るような声でそう言ったのは、校長先生だ。

ヤクザみたいな強面《こわもて》で、柔道着《じゅうどうぎ》が似合いそうな体つき。夜道で遭遇《そうぐう》したら悲鳴を上げて逃げだすレベルの風貌《ふうぼう》だ。

しかし逃げるわけにはいかない。

俺は深々と頭を下げた。

「遅《おく》れてしまい申し訳ありませんでした！」

「構わん。教頭先生は『ホームルーム前に校長室へ行くように』としか伝えていなかったそうなのでな。予想より遥《はる》かに遅い訪問だが、一応いまもホームルーム前だ。とりあえず座《すわ》りなさい」

「は、はい。失礼します……」

テーブル越しに校長先生が見つめるなか、ソファに腰かける。高級感漂《ただよ》うソファだが、緊張のせいで座り心地がわからない。

不安がピークに達したところで、校長先生が「それで」と口火を切った。

「コスモランドで喧嘩をしたというのは事実かね？」

「は、はい。事実です……」

「ではどういう流れで喧嘩になったのか教えてくれるかね。すでに先生方から聞かされているが、きみの口からも聞いておきたいのでね」

「えっと、俺……いえ、僕《ぼく》、その……わ、私？」

「そうかしこまることはない。いつも通りで構わん」

「す、すみません。そうします。えっと、俺、昨日コスモランドで白沢《しらさわ》さんと赤峰《あかみね》先生がふたり組の男にナンパされているのを見かけたんです。ふたりは白沢さんにすごく失礼なことを言い放って……俺、カッとなっちゃいまして。口論していたら、胸ぐらを掴まれて殴られそうになったんです。それで、頭突きをしてしまいました」

「つまりきみは、私の娘たちを守るために手を出したのだね？」

わずかな嘘《うそ》も見逃《みのが》すまいと、まっすぐに俺の目を見つめて確認《かくにん》してくる。

鋭《するど》い眼光に思わず目を逸《そ》らしたくなりつつも、俺は校長を見つめ返したままうなずいた。

「俺が手を出したのは事実です。もちろん、俺が自分の意思で手を出しただけで、三人にけしかけられたとかじゃありません。だから、罰するなら俺ひとりにしてください」

「最初から三人を罰するつもりはないよ。それに話を聞いた限りでは、きみの行為《こうい》は正当防衛のように思える」

正当防衛という判断を聞き、一瞬《いっしゅん》希望が見えたが——

「だが」

と、校長に厳しい眼差しを向けられ、許されるかもという淡《あわ》い期待は潰《つい》えた。

「正当防衛だろうとなんだろうと、きみが校外で喧嘩をしたという事実に変わりはない。よって前例に倣《なら》えば、きみは退学処分ということになる」

「……過去にも、俺と同じことをした生徒がいたんですか？」

「まったく同じというわけではないがね。実を言うと、きみが言い争ったふたり組の男というのは、四年前に我《わ》が校《こう》に在籍《ざいせき》していた生徒なのだよ」

「え？　うちの生徒だったんですか？」

「うむ。ふたりは親睦《しんぼく》遠足の最中に暴力沙汰を起こしてね。私が退学を言い渡したのだ」

俺はふたりとまったく同じことをした——親睦遠足の日に、コスモランドで暴力沙汰を起こしてしまった。

前例に倣えば、俺は退学処分となる。

だというのに――

「そうですか……」

俺の口から漏《も》れたのは、そんな気の抜けたセリフだった。

もちろん、退学になるのはショックだ。だけど、ショックのあまり気が遠くなったわけじゃない。

ただ、安心したら気が抜けたのだ。

俺の処分は決まったけど、朱里と琥珀と真白さんは罰されずに済むのだから。

こんな結果になってしまって、俺をかばってくれた三人には申し訳ないと思うけど……

俺は自分のしたことを悔《く》いていない。

あのとき俺が動かなければ、真白さんはもっとひどい言葉を浴びせられ、心に深い傷を負っていたかもしれない。

朱里と琥珀が真白さんを守るために動き、ナンパ野郎と揉《も》めている姿を教頭に見られていたら、問題教師というレッテルを貼《は》られ、教師人生が終わっていたかもしれない。

だけど俺が動いたことで三人を守ることができた。退学になってしまったが、大好きな元カノと友達を守ることができたのだ。後悔《こうかい》などあるはずがない。

「このたびはご迷惑をおかけして、申し訳ありませんでした！」

退学処分を受け入れ、俺は深く頭を下げる。

「なにか勘違《かんちが》いをしているようだね」

「……え？」

ふいに発せられた一言に、俺は戸惑《とまど》いつつ顔を上げた。

「勘違い……ですか？」

うむ、とうなずき、

「私はね、きみを退学にするつもりはないよ」

そう言って、ほほ笑みかけてくる。

「……俺、停学で済むんですか？」

「いいや、停学にもしない」

「えっ？　ど、どうしてですか⁉　俺、退学になったふたりと同じことをしたのに……」

「同じなものか。私が退学を言い渡したふたりは、女子中学生をナンパしたあげく、その彼氏を突き飛ばしたのだ。警察沙汰にこそならなかったが、暴力を振るう生徒を見過ごすわけにはいかんのでな。ゆえに厳しい処分を下したのだ」

険しい顔をしていた校長は、一転して優《やさ》しげな顔をする。

「だがきみは、うちの生徒と教師を守るために喧嘩《けんか》をした。おまけに先に手を出したのは向こうで、過剰《かじょう》防衛というわけでもない。喧嘩をしたのは事実なので、立場上おおやけに褒めることはできないが、幸いここには私ときみしかいないのでね。勇気を出して教師と生徒を守ったきみに、この場を借りて感謝させてもらうよ」

まさかのお咎めなし。

そのうえ校長先生に感謝までされてしまうとは……！

「……俺、これからも学校に通っていいんですか？」

「うむ。これからも勉学に励《はげ》みなさい」

にこやかに告げられ、胸いっぱいに喜びが広がっていく。

「はいっ！　ありがとうございます！　無事に卒業できるように勉強します！」

と、大声で宣言したそのとき。

ドアが開き、三人が部屋に飛びこんできた。

「いまお礼が聞こえたんだけど！　お礼を言うってことは許してもらえたのよね⁉」

「許されたに決まっているわ。彼は悪いことをしていないんだもの」

「悪いひとから女の子を守っただけで退学になるなんておかしいよ。校長先生もわかってくれたに決まってるよ」

三人が期待するような目でこっちを見ている。

校長先生は威厳《いげん》たっぷりにうなずき、

「彼はお咎めなしだ。きみたちが心配するようなことはない。だから教室へ行きなさい。もうじき――」

言っている最中に、チャイムが鳴った。三人は満面の笑みを俺に向けてから、校長室を去っていく。

「では俺も失礼しますね」

「待ちなさい。その前にひとつだけ、確認しておくことがある」

さっきより険しい顔つきだった。

俺は思わず目を逸らしてしまう。

そして壁《かべ》に掛《か》けられた日本刀を見つけてしまった！

こないだ真白さんから聞かされたエピソードが脳裏《のうり》をよぎる。

あ、あれ、模造刀だよね？　本物じゃないよね⁉

「ほぅ。きみも日本刀に興味があるのかね？」

刀をガン見していると、校長がちょっぴり嬉しそうに言う。

「ま、まあ、多少の興味は……」

具体的には使い道が気になります。俺が琥珀と付き合っていたと知っても、それで斬りつけたりしませんよね？

そう聞きたかったけど自殺行為なのでやめておく。

でも、これだけは聞かせてくれ。

「ど、どうして校長室に刀を置いているのですか？」

「私は学生時代に剣道《けんどう》をしていてね。刀を見ていると、気が引き締《し》まるのだよ。もちろん純粋《じゅんすい》に日本刀が好きという理由もあるがね。この良さを知ってほしくて、職員室に見せに行ったこともあるのだよ」

「な、なるほど、そういう理由だったんですね」

どうやら真白さんが勘違いしただけで、琥珀に言い寄った男教師を脅《おど》したわけじゃないみたいだ。

「特に娘に言い寄っていた先生には特別に間近で刀身を見せてあげたよ」

がっつり脅していらっしゃる！

「さて、それを踏《ふ》まえた上で聞いてほしいのだが――」

最悪の前置きをして、校長が言った。

「きみ、娘《むすめ》と付き合ってないよね？」

怪《あや》しまれてるぅううう⁉

疑惑《ぎわく》の目で俺を見てるぅうううう⁉

いかんいかん！　落ち着け俺！　ここで動揺《どうよう》したら認めてるようなものじゃないか！

すっとぼけろ！

「え？　娘？　どっちのですか？」

「真白に決まっているだろう！　ま、まさか琥珀と付き合っているのかね⁉」

校長が戸惑いながらも席を立って刀を掴む！

「そそそんなわけないじゃないですかっ！　教師と生徒ですよ⁉　もちろん白沢さんとも付き合ってませんから！」

「なにもそこまで否定することはなかろうに。うちの娘はそんなに魅力《みりょく》がないかね？」

「滅相《めっそう》もありません！　とても魅力的です！　おふたりとも可愛《かわい》いです！」

校長はご満悦《まんえつ》だ。パッと刀から手を離《はな》した。

「そうだろうそうだろう。ふたりとも手塩にかけて育てた自慢《じまん》の娘だ。どこの馬の骨ともわからん男にくれてやるつもりはない」

だというのに、と校長が忌々《いまいま》しげに歯ぎしりをする。

「真白がチャラついた男に惚《ほ》れているかもしれぬのだ！」

「えっ？ 白沢さんが？」

ぜったい校長の勘違いだと思うけど……。真白さん、男性不信っぽかったしさ。チャラついた男なんて、真白さんの好みとは正反対じゃないかな……。

「きみは見たことがないだろうが、真白はシャンプー会社からコマーシャルの出演依頼《いらい》が来ないのが不思議なほど美しい黒髪《くろかみ》を持っていたのだ！ なのに金髪《きんぱつ》に染めたのだぞ！ チャラついた男の影響《えいきょう》としか思えない！」

「それ、本人から聞いたんですか？」

「何度校長室に呼び出して問いただしても『さあ、どうかしら』とはぐらかされてしまうのだ！ 私はもう真白のことが心配で心配で……」

真白さんが金髪に染めた理由がわかった。

おそらく校長の注意を自分ひとりに向けるために――琥珀が校長の束縛《そくばく》から逃《のが》れられるように金髪に染めたのだ。

もちろん、ただのオシャレかもしれないけど……俺の予想通りなら、真白さんは本当に姉想《おも》いの優しい女の子だ。

「きみのような正義感の強い男ならいいが、チャラついた男に真白を奪《うば》われるなんて私はぜったいに認めん！」

「え⁉ 俺、娘さんと付き合っていいんですか⁉」

「誰《だれ》が交際を許したか貴様ああああああ！　キシャマアアアアアアア！　キエエエエエエエエエエエエエエエエ！」

「ぎゃあああああああああああああああああああああ⁉　ぎゃああああああああああああああああああああ⁉」

「落ち着きなさい」

刀を抜いて素振《すぶ》りをしていた校長が急に我に返る。賢者《けんじゃ》モードの一種だろう。死ぬかと思った……。

校長は咳払《せきばら》いをして、

「百歩譲《ゆず》って、真白と付き合うのは許す。だが、琥珀と付き合うのだけは許さん。教師と生徒が付き合うなどあってはならないことなのでな。仮に——想像したくもないが、もし仮に付き合うとしても、卒業までは待ってもらう。無論、お互《たが》いに愛しあっているという前提だがね」

卒業前に関係がバレたらぶっ殺されそうだな。

これからは細心の注意を払《はら》って逢い引きしないと。

「話は以上だ。私はプリティーキュートなマイエンジェルを愚弄《ぐろう》した愚《おろ》か者《もの》どもを裁きに行かなければならないのでね。もう失礼するよ」

これからナンパ野郎の家に行くらしい。あいつらも校長の怖さは身に染《し》みてわかってるだろうしな。泣き顔が目に浮かぶぜ。

「では俺はこれで」

ぺこりと頭を下げ、俺は校長室をあとにする。

さて……。

「どうなるかな……」

無事にお咎めなしになり、明るい気持ちになっていたが――三年三組が近づくにつれ、じわじわと不安がこみ上げてきた。

退学も停学も免れたけど、暴力を振るったのは事実なのだから。

あの現場を一年生に目撃《もくげき》されていたら――その話が広まっていたら、クラスのみんなに怖がられてしまうかも。

でも、せっかくお咎めなしになったんだ。卒業するまで無欠席を貫《つらぬ》きたい。楽しく学校生活を送り、みんなと笑って卒業したい。

クラスメイトのリアクションが怖いけど……ここで逃《に》げてもいいことなんてないんだ。

堂々と登校してやるぜ！

などと考えている間に、三年三組にたどりつく。

不安な気持ちを拭《ぬぐ》えないまま胸を張り、ドアを開けた、その瞬間――

「おおっ！　ヒーローのご登場だ！」

拍手《はくしゅ》で出迎《でむか》えられた。

い、いったい何事だ⁉

ヒーローって、俺のこと⁉

戸惑う俺のまわりに男女が集まり、バレー部のキャプテンが肩《かた》を叩《たた》いてくる。

「後輩《こうはい》から聞いたよ！　ナンパ野郎を撃退《げきたい》したんだってな！」

「よくぞ白沢先生と赤峰先生を守ってくれた！」

「虹野《にじの》くんは男子のヒーローだ！」

「マジでかっこいいよ！」

「おまけに虹野くん、白沢さんも守ったんでしょ？」

「いままで怖そうだなって思ってたけど、ほんとは優しかったんだね！」

「ほんっとヒーローみたいっ！」

胴上《どうあ》げでもされそうな勢いだ。

高嶺《たかね》の花《はな》と真白さんを守ったことで、ヒーローになっちまうとは――孤立するどころか、人気者になっちまうとは思わなかったぜ！

クラスメイトの大声援《だいせいえん》を浴びながら、俺はこれからの明るい学校生活に思いを馳《は》せるのであった。

《 あとがき 》

はじめまして、猫又ぬこです。

このたびは『元カノ先生は、ちょっぴりエッチな家庭訪問できみとの愛を育みたい。1』を手に取っていただき、まことにありがとうございます。

あとがきから読むという方もいらっしゃると思いますので、ネタバレにならないように本作の内容を紹介したいと思います。

タイトル通り、本作は教師がヒロインのお話となっております。私がデビューした頃は教師がメインヒロインの話はあまり見かけなかったと思いますが、最近はそこまで珍しい要素ではないかなと思いまして、教師を元カノにしてみました。

白沢琥珀と赤峰朱里です。

元カノ先生、ふたりいます。

そしてふたりとも元カレである虹野透真のことが大好きです。

そんな元カノたちと学校で再会した男子高校生・虹野透真がどんな日々を過ごすことに

なるのか――。お楽しみいただけますと幸いです。

それでは謝辞を。

本作の出版にあたっては、多くの方に力を貸していただきました。

担当様をはじめとするＨＪ文庫編集部の皆様。

素敵なイラストを手がけてくださったイラストレーターのカット先生。

校正様にデザイナー様、そのほか本作に関わってくださった関係者の方々――。本当にありがとうございます。

そしてなにより本作をご購入くださった読者の皆様に最上級の感謝を。皆様に少しでもお楽しみいただけたなら、これ以上の幸せはありません。

それでは、次巻でお会いできることを祈りつつ。

二〇二一年まだまだ寒い日　猫又ぬこ

HJ文庫 926 http://www.hobbyjapan.co.jp/hjbunko/

元カノ先生は、ちょっぴりエッチな家庭訪問できみとの愛を育みたい。1

2021年3月1日　初版発行

著者──猫又ぬこ

発行者─松下大介
発行所─株式会社ホビージャパン

〒151-0053
東京都渋谷区代々木2-15-8
電話　03(5304)7604（編集）
　　　03(5304)9112（営業）

印刷所──大日本印刷株式会社

装丁──BELL'S／株式会社エストール

Printed in Japan

ISBN978-4-7986-2437-2　C0193

ファンレター、作品のご感想お待ちしております

〒151-0053　東京都渋谷区代々木2-15-8
(株)ホビージャパン HJ文庫編集部 気付
猫又ぬこ 先生／カット 先生

召喚魔王はグルメとリゾートで女騎士たちを骨抜きに!

魔王さまと行く！ワンランク上の異世界ツアー!!

著者／猫又ぬこ　イラスト／U35

人類との戦いで荒廃した魔界アーガルドに召喚され、魔王として魔界を復興してきた青年・結城颯馬は、人類との和平のためにある計画を立てる。人間界の有力者に魔界の魅力を知ってもらうこの計画、招待されたのは人類最強の「聖十三騎士団」の女騎士だった。警戒する女騎士たちだったが、颯馬の内政チートを活かしたご当地グルメや温泉で歓待されるうち、身も心も颯馬に蕩《とろ》かされ——。

シリーズ既刊好評発売中

魔王さまと行く!ワンランク上の異世界ツアー!! 1〜3

最新巻　魔王さまと行く!ワンランク上の異世界ツアー!! 4

HJ文庫毎月1日発売　発行：株式会社ホビージャパン